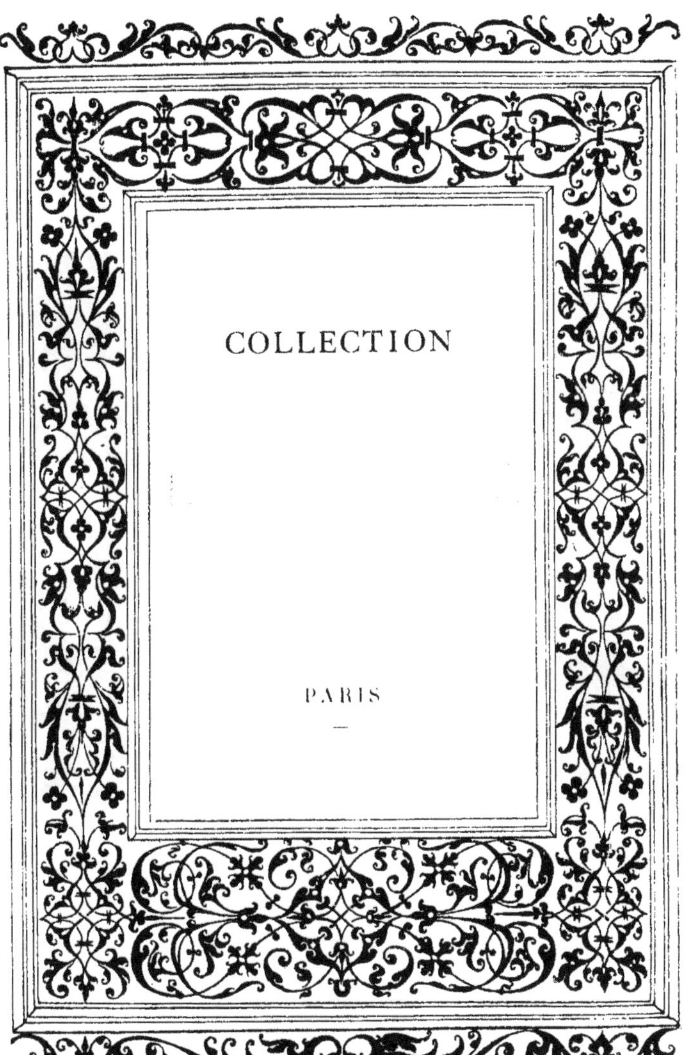

COLLECTION

PARIS

—

CATALOGUE

DES

OBJETS D'ART

ET DE

HAUTE CURIOSITÉ

DE LA RENAISSANCE

BIJOUX, ORFÈVRERIE

FAIENCES, ÉMAUX PEINTS

OBJETS VARIÉS, VERRERIE, COFFRETS, MIROIRS

PEINTURES

HORLOGES, BRONZES, PLAQUETTES, CUIVRES, FERS

SCULPTURES, BOIS SCULPTÉS, BOISERIES

MEUBLES ET SIÈGES

BRODERIES, ÉTOFFES, TAPISSERIES

Composant la Collection E. Bonnaffé

ET DONT LA VENTE AURA LIEU A PARIS

HOTEL DROUOT, SALLE N° 6

Les Lundi 3, Mardi 4, Mercredi 5 et Jeudi 6 Mai 1897

à deux heures

COMMISSAIRE-PRISEUR

Me PAUL CHEVALLIER

10, rue de la Grange-Batelière, 10

EXPERTS

MM. MANNHEIM Père et Fils

7, rue Saint-Georges, 7

EXPOSITIONS

PARTICULIÈRE : *Le Samedi 1er Mai 1897, de 1 h. 1/2 à 5 h. 1/2*

PUBLIQUE : *Le Dimanche 2 Mai 1897, de 1 h. 1/2 à 5 h. 1/2*

CONDITIONS DE LA VENTE

Elle sera faite *expressément* au comptant.

Les acquéreurs payeront *cinq pour cent* en sus des enchères.

L'exposition mettant le public à même de se rendre compte de l'état et de la nature des objets, aucune réclamation ne sera admise une fois l'adjudication prononcée.

Paris. — Imprimerie de l'Art, E. Moreau et Cie, 41, rue de la Victoire.

ORDRE DES VACATIONS*

Le Lundi 3 Mai 1897.

Bijoux	Nos	1	à	13
Orfèvrerie	—	14	à	35
Faïences	—	36	à	49
Émaux peints	—	50	à	66
Verrerie	—	67	à	85
Objets variés	—	86	à	114

Le Mardi 4 Mai 1897.

Tableaux, Dessins	—	115	à	136
Horloges	—	137	à	147
Bronzes	—	148	à	188
Plaquettes	—	189	à	208
Cuivres et Fers	—	209	à	227

Le Mercredi 5 Mai 1897.

Sculptures	—	228	à	244
Cires-Ivoires	—	245	à	256
Buis	—	257	à	260
Bois sculptés	—	261	à	299
Boiseries	—	300	à	307
Coffrets	—	308	à	316
Glaces	—	317	à	326

Le Jeudi 6 Mai 1897.

Sièges	—	327	à	344
Meubles	—	345	à	364
Broderies	—	365	à	417
Étoffes, Coussins	—	418	à	427
Tapisseries	—	428	à	430

N.-B. — *L'ordre numerique ne sera pas suivi.*

..... « *L'amateur poursuit son œuvre en silence, fouillant obstinément les nécropoles du passé, ramenant à la lumière les reliques de l'art ancien, pour servir à l'éternelle leçon de l'artiste, de l'ouvrier, du philosophe, de l'historien ; car, lui aussi, il écrit l'histoire, non pas avec la plume comme les Duruy, les Guizot, les Henri Martin, mais avec les bronzes, les marbres, les tableaux, les monuments de ses collections. Il estime qu'un coffre de mariage, une épée, un dressoir, une figurine antique, une aiguière de Penicaud, une châsse gothique en disent plus long que tous les livres du monde sur les mœurs, les arts, les croyances, sur l'âme du passé qui les a façonnés pour son usage, pétris de sa main, usés à son service et marqués de son estampille.*

« *Hélas ! ces chères collections, l'œuvre de prédilection de toute une vie, amassées patiemment, avec amour, au prix de sacrifices inconnus, disparaissent tôt ou tard, s'émiettent et vont alimenter d'autres collections qui se forment, s'augmentent, et se désagrègent à leur tour. Loi fatale, inexorable ! Ainsi la marche de la curiosité dans l'histoire nous apparait comme un long cortège qui défile lentement, recueille en chemin les survivants des collections disparues, se décompose lui-même pour former de nouveaux groupes, se transforme et se renouvelle, avançant toujours et trainant avec lui, sur des chars de triomphe, le patrimoine sans cesse accru de l'intelligence humaine.* » (LES PROPOS DE VALENTIN, *Paris, 1886.*)

Désignation des Objets

BIJOUX

1 — Plaque ovale de cristal de roche gravé et doré représentant la Sybille montrant la Vierge à l'empereur Auguste. L'empereur est assis à droite sur un trône abrité par un baldaquin ; des guerriers romains l'entourent ; en face de lui se dresse la Sybille qui, du doigt, lui indique dans le ciel la Vierge portant l'Enfant Jésus entouré de nuages. Monture en argent doré. Travail italien. Première moitié du XVIe siècle.

Haut., 45 millim. ; larg., 37 millim.

2 — Petit miroir octogonal en cristal de roche, entouré d'un cadre d'ébène accompagné d'appliques et d'une bélière en or émaillé rehaussées de menues perles. Italie. XVIe siècle.

Haut., 78 millim. ; larg., 56 millim.

3 — Médaillon octogonal en cuivre champlevé et émaillé sur les bords, et, au revers, enchâssant une peinture sous cristal de roche représentant l'Adoration des rois. Travail italien. XVIe siècle.

Haut., 9 cent.

4 — Médaillon semblable, représentant la Résurrection.

5 — Petit pendant de cou en forme de flacon suspendu à une double chaîne terminée par une tête de mort, accompagnée de deux petites pointes de diamant et d'une perle pendante. La décoration de ce bijou de deuil est exécutée en émail noir rehaussé de fleurettes et de rinceaux en émail blanc. Fin du XVIe siècle.

Long., 65 millim.

6 — Pendant de cou composé d'un camée sur agate représentant une femme assise dont un satyre soulève la draperie ; à gauche, on aper-

çoit une Victoire ailée écrivant sur un bouclier. La monture, en or émaillé, est munie d'une bélière ornée d'une perle pendante ; d'autres perles sont suspendues à la partie inférieure du bijou. Italie. XVIe siècle.

Haut., 75 millim.

1000 — 7 — AGNUS DEI. De forme circulaire, il est décoré, à sa partie antérieure, d'une plaque d'émail translucide sur relief représentant sainte Catherine d'Alexandrie vue à mi-corps. Le revers, monté à charnière et fermé par une clavette, est décoré d'un agneau passant, nimbé, accompagné de la légende « Agnus Dey », etc. Anneau de suspension. XVe siècle.

Diam., 4 cent.

300 — 8 — COLONNE FUSELÉE composée de jaspe sanguin et d'agate, munie d'une base, d'appliques et de draperies en bronze doré. Le chapiteau, d'ordre corinthien, également en bronze, sert de support à une petite figure de saint Georges combattant le dragon. La figurine est de la fin du XVe siècle.

Haut., 22 cent.

40 — 9 — BAGUE en argent ciselé, décorée, sur son chaton, d'une tête d'homme barbu couronné de pampres. XVIe siècle.

Diam., 26 millim.

? — 10 — PETITE FIGURINE DE FOU en argent doré, décorée d'émaux à froid. Socle en argent décoré de la même manière, de forme circulaire, bombé et godronné. XVIe siècle.

Haut., 73 millim.

11 — MÉDAILLON de forme ovale composé d'un camée en sardonyx à trois couches représentant un empereur en buste de profil à droite, lauré et cuirassé. La monture se compose d'un tore en or émaillé muni d'un anneau de suspension. XVIe siècle.

Haut., 43 millim.

12 — PENDANT DE COU formé par un lion de haut-relief en ivoire, soutenu par une chaîne qui se rattache à une ceinture en argent, recouverte d'émaux translucides et ornée d'une perle et de trois chatons d'or enchâssant des pierres en table. XVIe siècle.

Haut., 6 cent.

13 — Petit médaillon en or émaillé de forme ovale, enchâssant une image de saint Sébastien et une image de saint François peintes sous des plaques de cristal de roche. Ce bijou est supporté par une bélière en argent émaillé, ornée de deux mufles de lion. Espagne. xvie siècle.

Long., 65 millim.

ORFÈVRERIE

14 — Reliquaire de forme rectangulaire allongée, entièrement recouvert de plaques d'argent estampé de rinceaux dans le style de la première Renaissance française. Ce reliquaire, dont la partie postérieure est plus haute que le devant, est muni d'un couvercle en plan incliné fermé par une vitre. Sur le pourtour du couvercle sont fixés des cabochons de verre de couleur. Le dessous, peint en rouge, offre des armoiries : d'or coupé de 2, au 1, chargé d'un lion passant de sable, langué et onglé de gueule, au 2 chargé de trois roses au naturel. A droite et à gauche de l'écusson est tracée une inscription composée des lettres M C L C D L. Travail français. xvie siècle.

Long., 265 millim ; haut., 12 cent.; larg., 16 cent.

15 — Patenôtres. Elles se composent de six grains d'argent filigrané et doré, de deux gros grains en ivoire représentant, l'un, une tête de Christ et une tête de mort accolées, l'autre, un assemblage de têtes de morts et de têtes de femmes auxquelles sont suspendues, d'un côté, une croix accompagnée d'une médaille de saint Louis et de saint Michel, de l'autre, une croix reliquaire en argent doré. Travail français. xvie siècle.

Long., 43 cent.

16 — Croix d'autel en cuivre champlevé, gravé, émaillé et doré ; les branches sont terminées par des médaillons quadrilobés enchâssant des plaques émaillées, décorées de feuillages stylisés s'enlevant en or sur fond bleu. Le revers est décoré d'entrelacs et de feuillages ressemblant à des arabesques ; la tranche est garnie d'un bandeau de métal à ornements quadrillés. Italie. xve siècle.

Haut., 27 cent.

17 — Fermoir de ceinture (moitié d'un). Il se compose d'un médaillon

circulaire orné d'une tête d'homme casqué de profil exécutée en nielle; ce médaillon est accosté de deux motifs composés de cornes d'abondance à l'un desquels se rattache une plaque de forme allongée dans laquelle s'insère l'étoffe de la ceinture. Sur cette plaque est représenté à l'aide du nielle un enfant nu, couché et endormi. Travail italien. Fin du XVe siècle.

Long., 17 cent.

18 — MONSTRANCE. Le pied de cuivre repoussé et doré est à six lobes, dont trois enchâssent, au milieu de feuillages, trois petits émaux translucides représentant : Dieu le Père, l'ange Gabriel et la Vierge. La tige, très courte, est interrompue par un nœud prismatique décoré d'émaux translucides représentant la Sainte Face ou le monogramme de Jésus. Deux bagues d'argent niellé l'accompagnent et portent l'inscription : *Christi corpus ave de sancta Virgine natum.* A cette tige se rattache un culot surmonté d'une terrasse à six pans soutenant le cylindre de la monstrance que termine une coupole avec clocheton découpé à jour et croix. Deux bandes et des rinceaux rattachent cette coupole à la base de la monstrance. Travail vénitien. Fin du XVe siècle.

Haut., 385 millim.

19 — CROIX composée de cinq morceaux de cristal de roche montés en argent doré; les branches de cette croix sont égales; à leur intersection est représentée une Sainte Face en argent estampé, inscrite dans un nimbe crucifère. L'extrémité des branches est ornée de fleurons en argent. Italie. Fin du XVe siècle.

Haut., 225 millim.

20 — COUPE OU DRAGEOIR en argent repoussé, monté sur un pied à six pans, décoré de feuillages; la coupe elle-même, de forme évasée, est hexagonale et munie d'un couvercle terminé par une pomme de pin. Deux petites anses en forme de volutes rattachent la coupe au pied. Argent en partie doré.

Haut., 205 millim.

21 — MORS DE CHAPE. Il se compose d'une plaquette rectangulaire offrant le Christ de pitié soutenu dans le tombeau par la Vierge et saint Jean; sur le sarcophage est représenté un sacrifice antique. Sur cette partie centrale naissent quatre lobes dessinés suivant des courbes

et des contrecourbes, renfermant des feuillages qui entourent des cabochons de cristal. Bronze doré. Italie. Commencement du XVIe siècle.

Long., 145 millim.

22 — Fermoir de ceinture. Il se compose de deux plaques d'argent niellé, gravé et doré, décorées de deux figures de femmes drapées à l'antique, représentant, l'une, la Fortune, et, l'autre, la Vérité. Sur les bords, à droite et à gauche, sont ménagés des trous destinés à coudre le bijou sur une étoffe. Travail italien. Commencement du XVIe siècle.

Haut., 103 millim.; larg., 78 millim.

23 — Coffret rectangulaire à couvercle prismatique entièrement recouvert de plaques d'argent sur lesquelles sont fixés des bordures, des rosaces et des écoinçons en argent doré, gravé d'animaux et de feuillages. Sur le couvercle et aux extrémités sont fixées des poignées mobiles; à la partie antérieure est rapportée une serrure à bosse dans laquelle vient s'engager un moraillon en forme de dragon. Travail de style oriental. Espagne. XVe siècle.

Long., 20 cent.; haut., 10 cent.; larg., 95 millim.

24 — Reliquaire. Le pied, en forme de tronc de cône, est de cuivre ciselé et gravé; il est décoré de feuillages et bordé d'une frise de filigranes sur laquelle sont enchâssés, de distance en distance, des cabochons, des perles, etc.; le nœud qui rattache la tige à la monstrance, de forme cylindrique, contient six plaques d'argent niellé, décorées de feuillages. La monstrance elle-même est composée d'un cylindre de cristal de roche maintenu à sa base et à sa partie supérieure par deux bandeaux filigranés ornés de cabochons réunis eux-mêmes par trois frises verticales chargées aussi de filigranes. Le couvercle, de forme sphérique, est bordé d'une frise du même genre et se termine par un fleuron en cristal de roche sphérique accompagné de feuillages de cuivre ciselé. Sur ce couvercle enfin se relèvent six médaillons niellés, de même style que ceux du nœud. Travail flamand. Fin du XIIIe siècle.

Haut., 35 cent.

25 — Petite coupe circulaire en argent ciselé et repoussé; marli décoré

d'imbrications; sur l'ombilic, une femme versant dans une coupe le liquide contenu dans un vase et symbolisant la Tempérance. Travail flamand. Fin du XVIe siècle.

Diam., 145 millim.

26 — CANETTE en serpentine montée en argent doré; le pied est décoré d'une frise de godrons; deux cercles, ornés de rosaces, servent à maintenir l'anse recourbée en volute représentant un terme de femme. A cette anse, au moyen d'un pivot, se rattache un couvercle orné de têtes de chérubins et de cornes d'abondance exécutées au repoussé. Allemagne. XVIe siècle.

Haut., 15 cent.

27 — OSTENSOIR en cuivre doré. Sur un pied polylobé s'élève une tige à six pans interrompue par un nœud sphérique décoré d'arabesques repoussées et de têtes d'anges en relief; au dessus de cette tige, sur une plate-forme lobée, se dresse le cylindre de l'ostensoir, flanqué de deux balustres accompagnés de motifs découpés et surmonté d'une coupole bordée de feuillages de style gothique. Sur cette coupole est un lanternon abritant une statuette et sommé d'une croix. Allemagne. XVIe siècle.

Haut., 54 cent.

28 — OSTENSOIR. Sur un pied à six lobes se dresse une tige à six pans d'architecture gothique, interrompue par un nœud prismatique. La terrasse circulaire, supportant le cylindre de l'ostensoir, est flanquée de contreforts dans lesquels sont ménagées des niches. Le couronnement se compose d'une galerie bordée de feuillages, au centre de laquelle se relève une coupole surmontée d'un édifice gothique terminé par un crucifix et abritant une image de la Vierge. Cuivre doré. Allemagne du sud. XVIe siècle.

Haut., 58 cent.

29 — SONNETTE représentant une dame en costume du XVIe siècle; la jupe, ornée d'une longue ceinture de perles, est décorée de grands rinceaux; la tête du personnage est coiffée d'une toque à plume; d'une main, elle tient les gants et, de l'autre, une fleur en argent. Cuivre gravé, repoussé et doré. Travail suisse. XVIIe siècle.

Haut., 16 cent.

30 — Petite boite a épices de forme circulaire en cuivre gravé; elle se compose de deux parties cylindriques s'emboitant l'une dans l'autre, et est munie d'un couvercle hémisphérique terminé par un bouton en forme de balustre. Travail allemand. Fin du XVIe siècle.

Haut., 10 cent.; diam., 68 millim.

31 — Coupe composée d'une noix de coco montée en bronze ciselé, gravé et doré; le pied, muni d'une tige en balustre, est décoré d'une frise représentant des génies jouant sur les eaux avec des oiseaux et des monstres marins; trois termes de femmes sertissent la noix et rattachent le pied à la lèvre du vase décorée de gravures représentant divers animaux et des arabesques. Travail allemand. Deuxième moitié du XVIe siècle.

Haut., 248 millim.

32 — Petit chef d'évêque en bronze ciselé et doré, monté sur une base à huit pans, supportée par des griffes de lions; la mitre, ainsi que la chape, sont décorées de grenats et d'une petite émeraude.

Haut., 82 cent.

33 — Petite salière de forme triangulaire en cuivre argenté, posant sur trois pieds en volutes, décorée, sur son pourtour, de lambrequins. Autour du saleron, des mascarons. XVIe siècle.

Haut., 4 cent.; larg., 75 millim.

34 — Petite tasse à vin en argent, en partie dorée, à quatre lobes, ornée de godrons et d'une anse en volute. XVIIe siècle.

Haut., 34 millim.

35 — Petit brule-parfum affectant la forme d'un vase cylindrique monté sur une tige élevée, accompagné de deux têtes d'animaux cornus et surmonté d'un couvercle repercé. Cuivre doré.

Haut., 72 millim.

FAIENCES

36 — Faïence hispano-mauresque. Grand bassin décoré, en son centre, d'un ombilic godronné et, sur ses bords, d'engrêlures en relief. Sur le fond blanc sont semées des marguerites teintées de bleu en des motifs végétaux tracés en jaune à reflets métalliques. Valence. XVIe siècle.

Diam., 49 cent.

37 — Grand bassin, de forme circulaire, décoré, en son centre, d'un ombilic saillant et, sur ses bords, de godrons et de chevrons en relief. Décor lavé de vert clair et de manganèse sur fond d'émail blanc. Espagne. xvie siècle. Encadré.

Diam., 44 cent.

38 — Saint Bernardin de Sienne. Le saint est représenté debout, vêtu d'une robe noire sur le devant de laquelle est figurée une tête d'ange entourée de rayons. De ses deux mains il tient, devant lui, un livre fermé; sa tête est découverte et son regard est dirigé vers le ciel. Terre émaillée, atelier des Della Robbia. Florence. Fin du xve siècle. Reproduit dans la *Gazette des Beaux-Arts*.

Haut., 58 cent.

39 — Cul-de-lampe en terre émaillée, décoré d'une tête de chérubin et de deux cornes d'abondance. Rehauts d'or. École des Della Robbia. Florence. Fin du xve siècle.

Haut., 24 cent.; larg., 34 cent.

40 — Plat circulaire à bords renversés. Au centre, dans un médaillon bordé de perles et d'olives, on aperçoit, assis sur un tertre, Adam et Ève; près d'Adam est posée une houe; Ève s'occupe à filer tout en tenant un de ses enfants sur ses genoux; l'autre est accroupi à terre, près d'Adam. Fond de paysage sommairement traité. Sur la bordure alternent des compartiments dans lesquels sont représentées des arabesques, les armoiries d'un cardinal de la famille des Médicis et d'autres armoiries surmontées d'une mitre. Ces armoiries sont d'or au pin, arraché au naturel, accompagné de deux masses d'armes de sable posées en pal, le tout sous un chef de France accompagné d'un lambel de quatre pendants. Dessin en bleu modelé de bleu et de jaune, tons jaune, bistre roux et rouge; bord vert. Revers grossièrement émaillé en blanc. Caffagiolo. Fin du xve siècle.

Diam., 36 cent.

41 — Grand plat circulaire. Le centre est décoré d'un buste d'homme de profil, à droite, coiffé d'une sorte de turban surmonté d'une aigrette de plumes. Dans le champ se développe une banderole sur laquelle est tracée une inscription. Bordure à fond jaune, ornée de feuilles lancéolées, simulant des plumes de paons. Dessin et modelé en bleu lavé de vert, de jaune et de bistre roux. Revers vernissé de jaune avec quatre paraphes dessinés en bleu. Deruta. xvie siècle.

Diam., 37 cent.

42 — Assiette décorée, en son centre, d'une figure de l'Amour enfant, assis sur le globe du monde. Sur le bord, des médaillons entourés de couronnes de feuillages et de fruits alternent avec des compartiments renfermant des arabesques sur fond bleu ou sur fond bistre. Dans les médaillons sont figurés des amours ou des bustes d'hommes casqués de style antique. Dessin en bleu modelé de bistre, tons jaune, bistre roux, vert clair. Revers émaillé blanc, décoré de cercles concentriques jaunes, bleus et bistres. Faenza. Vers 1540.

Diam., 26 cent.

43 — Vase de pharmacie, de forme cylindrique, décoré, à sa partie antérieure, d'un buste de femme, coiffé d'un turban entouré d'une couronne de feuillages. Sur une banderole, l'indication du contenu du vase. Castel-Durante. Commencement du XVIe siècle.

Haut., 215 millim.

44 — Vase de pharmacie, de forme cylindrique, décoré, à sa partie antérieure, d'un oiseau dévorant un serpent entouré d'une couronne de feuillages et de fleurs. Sur une banderole verticale, l'indication d'un médicament. Castel-Durante. Commencement du XVIe siècle.

Haut., 23 cent.

45 — Coupe montée sur un pied circulaire. Au centre et peint en camaïeu, l'apôtre saint Marc tenant en main une banderole, assis sur des nuages et accompagné du lion ailé qui lui sert de symbole. Sur le fond bleu, sur lequel se détache le personnage, se développe une banderole avec l'inscription : *Jesus Christi filii dei sicut scriptum est in Esaya propheta*. Revers émaillé blanc, bordure jaune. Castel-Durante. XVIe siècle. Encadré.

Diam., 285 millim.

46 — Salière, de forme rectangulaire, portée sur quatre griffes de lions; son profil se compose de moulures rentrantes et saillantes lui donnant le galbe d'un sarcophage. Le décor se compose d'une figure d'homme et d'une figure de femme couchés près de rochers au bord de la mer. Saleron ovale, bordé d'une moulure saillante. Urbino. XVIe siècle.

Long., 145 millim.; larg., 95 millim.; haut., 8 cent.

47 — Grand plat décoré, en son centre, d'un médaillon circulaire repré-

sentant Diane et Actéon et, sur ses bords, de camaïeux et de grotesques sur fond blanc. Urbino. Fin du XVIe siècle. Encadré.

Diam., 44 cent.

48 — SALIÈRE, de forme ovale, ornée de deux anses composées de masques de satyres et décorée, sur sa panse, de cuirs découpés en relief, accompagnant deux mascarons de femmes. Au centre du saleron est peinte une figure de l'Amour. Dessin en bleu pâle, large lavage de jaune et rechampi de bistre roux et de manganèse. Urbino. Fin du XVIe siècle.

Long., 21 cent.; haut., 95 millim.

49 — PALISSY. PLATEAU OVALE muni à sa partie centrale d'une cavité autour de laquelle se développent six groupes d'entrelacs encadrant des palmettes découpées à jour. Émaux jaspés brun, jaune et vert. Revers jaspé. XVIe siècle.

Long., 27 cent.; larg., 19 cent.

ÉMAUX PEINTS

50 — BAISER DE PAIX en bronze enchâssant un émail circulaire offrant la Vierge à mi-corps tenant de la main gauche un fruit, soutenant de l'autre l'Enfant Jésus vêtu d'une tunique. Atelier de Nardon Pénicaud, Limoges; commencement du XVIe siècle. La monture se termine par une sorte de fronton sur lequel est représentée une tête de chérubin. Sur deux bandeaux, au haut et au bas de la pièce, on lit l'inscription : *Pax domini, nostri Jesus-Christi sit cum omnibus vobis. Amen.*

Haut., 135 millim.; larg., 105 millim.

51 — BAISER DE PAIX : le Christ de pitié. Le Christ mort est étendu sur les genoux de la Vierge, la Madeleine saisit la main gauche du Sauveur, tandis que saint Jean, les mains enveloppées d'un voile, soulève sa tête. Ce sujet est abrité par une arcade d'architecture trilobée. Émaux de couleurs, paillons et rehauts d'or. Nardon Pénicaud. Limoges; commencement du XVIe siècle.

Haut., 125 millim.; larg., 10 cent.

52 — BAISER DE PAIX, composé d'une monture en forme de cartouche en corne sculptée, rehaussée de peintures et de dorures, avec cariatides

de profil, enchâssant un émail de Jean Limousin, *la Pieta*. Émaux de couleurs, rehauts d'or, paillons. Limoges, XVIe siècle.

Haut., 17 cent.; larg., 112 millim.

53 — LA MISE AU TOMBEAU. La Vierge et Joseph d'Arimathie portent le corps du Christ et vont le déposer dans le sarcophage; saint Jean agenouillé, vu de dos, soutient la Vierge, prête à s'évanouir, tandis que la Madeleine embrasse la main gauche du Sauveur. A gauche se trouvent deux autres saintes femmes. Fond de paysage montagneux au milieu duquel on aperçoit le Calvaire. Émaux de couleurs éclairés en or; chairs dessinées par enlevage, fortement teintées; ciel bleu d'azur semé de nuages d'or. Contre-émail bleu foncé. Plaque rectangulaire : Jean I Penicaud, Limoges. Premier quart du XVIe siècle.

Haut., 21 cent.; larg., 175 millim.

54 — L'EMPEREUR NÉRON. Il est représenté en buste de profil à droite, lauré, vêtu d'une sorte de chemise brodée et d'une draperie nouée sur l'épaule. Légende : *Imperator Nero Cesar Augustus*. Grisaille dessinée et modelée par enlevages. Rehauts d'or. Cette plaque est insérée dans un cadre en bois décoré de quatre plaques d'émaux exécutés en camaïeu bleu et blanc représentant des dauphins disposés symétriquement de chaque côté d'un vase. Couly I Nouailher, Limoges. Première moitié du XVIe siècle.

Diamètre du médaillon, 245 millim.

55 — PLAQUE rectangulaire décorée d'un médaillon circulaire à fond bleu entouré d'une couronne de feuillages, contenant les profils superposés de Pâris et d'Hélène. Sur le fond, l'inscription tracée en or : « *Paris . suis . et . la . bele . Elene* ». Revers émaillé en violet. Couly I Nouailher, Limoges, XVIe siècle.

Diam., 115 millim.

56 — PLAQUE rectangulaire : le mois de Mai. Dans un médaillon circulaire on voit un homme et une femme tenant une fleur, en costumes du XVIe siècle, chevauchant côte à côte. Dans les écoinçons sont représentés en camaïeu des têtes de chérubins et des vases. Émaux de couleurs, dessin partie par enlevage, partie dessiné en bistre sur fond blanc. Limoges, Couly I Nouailher. Premier tiers du XVIe siècle.

Larg., 12 cent.

57 — Petit médaillon circulaire en grisaille sur fond noir représentant une fermière en costume du commencement du xvie siècle en buste de profil à gauche ; légende : *Belle Susanna*. Contre-émail incolore. Atelier de Couly I Nouailher, Limoges. Commencement du xvie siècle.

Diam., 53 millim.

58 — Plaque de miroir de forme ovale, sertie en argent doré. Au centre, dans un médaillon circulaire, Psyché rapportant son vase et traversant le Styx sous la conduite de Caron ; au second plan, le rivage et Psyché se mettant en marche. Près d'elle, la signature I L. Au-dessus et au-dessous de cette scène sont disposés divers motifs d'ornements, masques de chérubins, oiseaux et vases de fleurs. Émaux de couleur, paillons. Jean Limousin, Limoges ; fin du xvie siècle.

Haut., 10 cent. ; larg., 8 cent.

59 — Petit médaillon circulaire représentant un personnage imberbe, en buste, de profil à droite. Il est drapé à l'antique, sa tête est coiffée d'un bonnet sur lequel est placée une couronne de lauriers. Légende : *Caton Laisné*. Émaux de couleurs sur fond noir ; rehauts d'or. Contre-émail incolore. Atelier de Jean Limousin, Limoges. Fin du xvie siècle.

Diam., 57 millim.

60 — Plaque ovale en émail peint représentant Mercure nu, coiffé du pétase, couché sur une draperie au milieu d'un paysage. Émaux de couleur rehaussés d'or. Atelier de Suzanne de Court, Limoges. Commencement du xviie siècle.

Haut., 75 millim. ; larg., 118 millim.

61 — Plaque rectangulaire en émail peint offrant dans un médaillon ovale une représentation de Junon, nue, vue de dos, couchée sur une draperie au milieu d'un paysage ; près d'elle on aperçoit le paon, attribut de la déesse. Émaux de couleurs rehaussés d'or. Atelier de Suzanne de Court, Limoges. Commencement du xviie siècle.

Haut., 8 cent. ; long., 125 millim.

62 — Petite plaque circulaire représentant Hercule et le lion de Némée, accompagnée de la légende : *Hercules*. Grisaille ; chairs saumonées ; contre-émail incolore. Limoges. xvie siècle.

Diam., 57 millim.

63 — La Vierge et l'Enfant Jésus. Elle est représentée à mi-corps, nimbée, couronnée de fleurs : les cheveux dénoués retombent sur les épaules ; vêtue d'un ample manteau, elle serre contre son sein l'Enfant Jésus vêtu d'une double tunique. Émaux de couleurs appliqués en grande partie sur paillons, nombreux rehauts d'or ; fond noir. Contre-émail incolore. Limoges. Fin du xvie siècle.

Haut., 15 cent. ; larg., 108 millim.

64 — Baiser de paix composé d'une monture en bronze doré enchâssant une plaque en émail peint en grisaille représentant le Christ en croix entre la Vierge et saint Jean. Sur la monture ciselée et dorée sont figurés en relief deux anges soutenant des palmes et une couronne d'épines. Travail français. Deuxième moitié du xvie siècle.

Haut., 16 cent. ; larg., 128 millim.

65 — Plateau de forme circulaire en cuivre émaillé, décoré en son centre d'un écusson d'armoiries, d'argent au chevron de sable chargé de trois têtes de lions d'or, accompagné de trois croix fichées et pommetées de gueule. Autour de ce centre se développe une frise à fond blanc. Le marli ainsi que le revers sont émaillés en bleu lapis et décorés de rinceaux d'or. Venise. Commencement du xvie siècle.

Diam., 31 cent.

66 — Aiguière en cuivre à panse piriforme godronnée à sa base, surmontée d'un couvercle hémisphérique également godronné, munie d'une anse en volute et d'un bec retourné. Émaux bleus, verts et blancs, chargés d'imbrications, de rinceaux et de fleurettes d'or. Venise. Commencement du xvie siècle.

Haut., 26 cent.

VERRERIE

67 — Coupe circulaire en verre incolore, montée sur un pied bas, décorée extérieurement, sur ses bords, d'imbrications dorées rehaussées de points d'émail vert, rouge et blanc. Venise. xvie siècle.

Diam., 227 millim.

68 — Coupe de forme évasée en verre incolore ; la tige en balustre tordu est accompagnée de deux ailettes en verre bleu et blanc, travaillées à la pince. Venise. xvie siècle.

Haut., 14 cent.

69 — Verre en forme de calice ; le pied en balustre de verre incolore est flanqué de deux ailettes de verre blanc travaillé à la pince. Venise. xvie siècle.

Haut., 155 millim.

70 — Vase en verre incolore, muni sur sa panse piriforme de trois anses recourbées en volutes, alternant avec trois goulots, décorés de pastillages et de filets de verre bleu ; la panse soufflée dans un moule est décorée de godrons et d'ornements en forme de pointes de diamants. Venise. xvie siècle.

Haut., 24 cent.

71 — Coupe en verre incolore, montée sur un pied en balustre ; la coupe est de forme plate et gaufrée. Venise. xvie siècle.

Haut., 13 cent.

72 — Grand gobelet en verre incolore, orné d'imbrications en relief, et sur sa tige en balustre de mufles de lions frottés d'or. Venise. xvie siècle.

Haut., 23 cent.

73 — Vase à deux anses en verre de teinte bleue ; la panse piriforme est munie d'un goulot resserré décoré à la pince ; les anses cannelées sont en forme de volutes. Traces de décoration d'or. Venise. xvie siècle.

Haut., 175 millim.

74 — Assiette plate en verre blanc opalin, décoré de dentelles et de médaillons contenant des fleurettes en or et en couleur. Venise. xvie siècle.

Diam., 28 cent.

75 — Coupe circulaire en verre de Venise blanc et incolore (*latticinio*). xvie siècle.

Haut., 9 cent ; diam., 165 millim.

76 — Vase couvert en verre incolore gravé à la pointe de diamant, accom-

pagné d'ornements exécutés à froid en or et en couleurs. Le vase est piriforme; le couvercle à deux renflements se termine par un bouton. Venise. XVIe siècle.

Haut., 27 cent.

77 — Petit vase ovoïde en verre bleu foncé, monté sur un pied en cuivre doré; le goulot est serti et accompagné de deux anses en volutes également en cuivre. Venise. XVIe siècle.

Haut., 18 cent.

78 — Vase piriforme à col élevé et évasé entouré d'une collerette travaillée à la pince; verre brun marbré de blanc et d'aventurine. Venise. Fin du XVIe siècle.

Haut., 205 millim.

79 — Autre semblable.

Haut., 21 cent.

80 — Vase en verre incolore à panse ovoïde, muni de six goulots rangés autour de l'orifice principal. Venise. XVIe siècle.

Haut., 24 cent.

81 — Aiguière en verre incolore et en *laticinio*, de forme ovoïde, munie d'un goulot trilobé surmonté d'une anse en volute accompagnée de pastillages. Venise. XVIe siècle.

Haut., 24 cent.

82 — Verre en forme de calice, monté sur un pied élevé, composé d'une canne de *laticinio* plusieurs fois repliée, accompagné d'ailettes en verre bleu travaillées à la pince. Venise. XVIe siècle.

Haut., 30 cent.

83 — Verre en forme de calice, monté sur une haute tige composée de cannes de verre entrelacées et accompagnée d'ailettes de verre incolore frotté d'or. Venise. XVIe siècle.

Haut., 27 cent.

84 — Petite aiguière de verre incolore à panse piriforme, munie d'un bec recourbé et de deux anses dont l'une surmonte le vase, en forme d'anse de panier; décoration exécutée à la pince et rehaussée d'or. Espagne. XVIIe siècle.

Haut., 22 cent.

85 — Gobelet de forme évasée en verre gravé décoré de personnages assis sous des lambrequins et symbolisant les Saisons. Allemagne. XVIIe siècle.

Haut., 9 cent.

OBJETS VARIÉS

86 — Fragment de cristal de forme rectangulaire, peint sur son revers; on y aperçoit plusieurs guerriers de style antique; fond d'architecture. Italie. XVIe siècle.

Haut., 7 cent.; larg., 36 millim.

87 — Loupe de cristal de roche de forme circulaire, sertie en argent doré.

Diam., 44 millim.

88 — Médaillon circulaire en fer décoré d'incrustations d'or et d'argent, représentant un trophée d'armes antiques entouré de branches de laurier. Italie. XVIe siècle.

Diam., 48 millim.

89 — Petit miroir à huit pans, portant des traces d'une monture en argent; il est renfermé dans un étui en maroquin rouge décoré de dentelles d'or dans le style des reliures de l'époque de Louis XIII. France. XVIIe siècle.

Haut., 11 cent.; larg., 8 cent.

90 — Forces en fer gravé et doré, décorées de figures de génies et de médaillons de style antique se détachant sur un fond doré. Italie. XVIe siècle.

Long., 18 cent.

91 — Clef en fer à canon cannelé et panneton découpé; l'anneau plat se compose de feuillages repercés à jour. XVIIe siècle.

Long., 117 millim.

92 — Pendant de cou en argent doré, composé d'un nœud de rubans filigrané et d'une pièce mobile en forme de poire.

Long., 45 millim.

93 — Boite de compas destinée à un ingénieur militaire, composée de sept pièces qui sont : une boussole établie sur un plateau rectangulaire en cuivre gravé de rinceaux ; un compas à deux pointes avec pièce de rechange munie d'une molette pour mesurer les longueurs ; un autre compas muni d'une branche articulée en arrière ; un tire-ligne en fer et en cuivre terminé par une pointe ; une équerre en cuivre munie d'indications de mesures de longueur ; une règle pliante donnant un certain nombre de mesures usuelles et le tracé de profils de fortifications. Toutes ces pièces sont signées *Iacobus Lusuerg faciebat Romæ*. Travail allemand. XVIIe siècle. Le tout est renfermé dans une boite plate recouverte de maroquin rouge décoré de rinceaux dorés.

94 — Petite trousse en argent composée de quatre instruments, cure-dents, cure-oreilles, etc., terminée à sa partie supérieure en forme de terme et munie d'un anneau de suspension. XVIe siècle.

Haut., 82 millim.

95 — Petit grattoir composé d'un manche en fer gravé de rinceaux et doré, terminé par une lame en forme de fer de lance. Allemagne. XVIe siècle.

Long., 115 millim.

96 — Petite cuiller munie d'un manche, formé par une figure de Vénus debout, les cheveux dénoués, tenant de la main gauche une pomme. Au revers de cette figure on lit l'inscription : *De cœur je le done*. Buis. Travail français. XVIe siècle.

Long., 551 millim.

97 — Fourchette à deux dents, à manche sculpté en forme de balustre, terminé par un vase et plaqué de nacre. Fin du XVIe siècle.

Long., 21 cent.

98 — Trousse en cuivre argenté, décorée de filigranes, composée d'un fourreau, d'une fourchette de fer à deux dents et d'un couteau pointu muni de manches décorés comme la trousse. Allemagne. Fin du XVIe siècle.

Long., 28 cent.

99 — Couteau à lame pointue légèrement recourbée, muni d'un manche de buis sculpté entouré de deux viroles d'argent gravé portant le nom du possesseur : *Geraert Woutersen anno 1605*.

A l'extrémité du manche, une petite figurine de haut-relief représentant un cordonnier travaillant à une chaussure. XVIIe siècle.

Long., 225 millim.

100 — Deux disques en nacre, sculptés l'un d'une tête de guerrier casqué, l'autre d'un profil de femme en costume du XVIe siècle accompagnée de l'inscription : *Fagutine* (Faustine). France. XVIe siècle.

Diam., 56 millim.

101 — Coupe hémisphérique composée de lamelles de nacre assemblées par une monture de cuivre doré ; le pied circulaire est décoré de vases de fleurs et de rinceaux. Allemagne. XVIe siècle.

Haut., 73 millim.; diam., 138 millim.

102 — Armature d'un sablier en cuivre ciselé et doré, composée de deux disques bordés de volutes et de quatre tiges en forme de balustres accompagnées de chapiteaux feuillagés. XVIe siècle.

Haut., 13 cent.; diam., 8 cent.

103 — Plaque à huit pans en cuivre ciselé et doré, représentant des arabesques s'enlevant en relief ,sur un fond maté. Fin du XVIe siècle.

Long., 11 cent.; haut., 84 millim.

104 — Bossette de mors de forme circulaire, décorée en son centre d'une tête de lion entourée d'arabesques, de trophées et d'armoiries. Fin du XVIe siècle.

Diam., 82 millim.

105 — Bijou reliquaire de forme rectangulaire en cuivre champlevé et émaillé, offrant le monogramme : *Ave Maria*. Espagne. XVIIe siècle.

Larg., 6 cent.; haut., 53 millim.

106 — Chaînon d'un collier de l'ordre du Saint-Esprit, composé de la lettre « H » émaillée en blanc, couronnée et accompagnée de flammes. France. XVIe siècle.

Haut., 39 millim.; larg., 45 millim.

107 — Fragment de peinture antique exécutée sur plâtre, représentant une femme nue courant au milieu de rinceaux. Encadré.

Haut., 43 cent.; larg., 25 cent.

108 — Peinture exécutée à l'huile sur une plaque de verre bleu, représentant la Vierge debout, couronnée, vêtue d'une robe trainante et d'un grand manteau, portant sur son bras gauche l'Enfant Jésus, couronné également, vêtu d'une longue tunique. Cadre en bois sculpté et doré, inséré lui-même dans un autre cadre en ébène. Travail flamand.

Haut., 108 millim.; larg., 58 millim.

109 — Médaillon ovale renfermant une peinture exécutée sur une plaque d'argent, représentant une femme demi-nue jouant avec un enfant qu'elle tient sur ses genoux. France. xvie siècle.

Haut., 76 millim.; larg., 58 millim.

110 — Ceinture en tissu de soie et d'or, munie de deux plaques de fermoirs de forme rectangulaire, décorées de filigranes et de coquilles, le tout en argent doré. Les crochets d'attache sont formés par deux bustes de femmes. Espagne. xvie siècle.

Long., 78 cent.

111 — Petit modèle de navire de guerre en bois. xviiie siècle.

Long., 20 cent.

112 — Cadre rectangulaire en ébène, surmonté d'un fronton interrompu encadrant un autre fronton hémicirculaire, décoré de rinceaux et d'arabesques peints en or. Travail italien. Fin du xvie siècle.

Haut., 47 cent.; larg., 31 cent.

113 — Socle en ébène de forme allongée, taillé à six lobes et décoré sur ses flancs d'appliques de bronze doré. A la partie antérieure s'ouvrent des tiroirs qui ont servi de médailliers; le socle est supporté par des tortues de bronze doré. Travail allemand. Fin du xvie siècle.

Long., 52 cent.; larg., 33 cent.; haut., 105 millim.

114 — Soufflet. La joue antérieure est de bois noirci décoré d'incrustations de cuivre et de nacre, représentant une couronne de fleurs enlaçant un médaillon dans lequel on voit Hercule étouffant le lion de Némée; museau en bronze. xviie siècle.

Long., 56 cent.

TABLEAUX, DESSINS

PERUGINO (Pietro)

115 — *Sainte Catherine.*

Elle est représentée de face, à mi-jambes, vêtue d'une robe blanche à ramages d'or, et d'un manteau vert drapé sur l'épaule droite. Sa tête est ceinte d'une couronne, ses cheveux divisés sur le front retombent le long des joues où ils sont noués avec des rubans et à demi-recouverts d'un voile léger retombant sur les épaules. Des deux mains la sainte porte, devant elle, un livre fermé et la palme du martyre. Cette figure se détache sur une niche d'architecture dont le cul de four est travaillé comme une coquille.

Panneau. Encadré.

Haut., 77 cent.; larg., 61 cent.

ZEITBLOM (Bartolomœus)

116 — *Triptyque.*

Le centre, divisé en deux compartiments, représente l'Annonciation; la Vierge, drapée dans un grand manteau, les cheveux dénoués, nimbée, est agenouillée devant un prie-Dieu et tend l'oreille aux paroles de l'ange qui, à genoux, à droite de la composition, tient de la main gauche un lys exécuté en orfèvrerie et, de la droite, fait un geste de bénédiction. Les volets sont à fond d'or rehaussé de gravures simulant une étoffe. Sur le volet de gauche est représentée sainte Anne portant dans ses bras la Vierge et Jésus enfant. Sur le volet de droite on aperçoit saint Antoine, ermite, accompagné de l'animal qui lui sert généralement d'attribut.

Cadre en bois à moulures gothiques. Panneaux.

École allemande, première moitié du XVIe siècle.

Haut., 63 cent.; larg., 88 cent.

ÉCOLE FLAMANDE

117 — *Scène amoureuse.*

Un jeune homme, vêtu d'un manteau jaune et coiffé d'un chapeau rouge, tient par la taille une dame vêtue d'une robe noire très décolletée. La dame tient de la main gauche une paire de lunettes.

Panneau. XVIe siècle. Encadré.

Haut., 55 cent.; larg., 70 cent.

Collection E. Bonnaffé.

115

ÉCOLE FLAMANDE

118 — *Portrait de femme.*

Elle est représentée à mi-corps, tenant, dans la main gauche, un livre ouvert, vêtue d'une robe noire, décolletée, garnie de dentelle aux poignets et sur la poitrine ; ses cheveux frisés retombent de chaque côté de son visage ; une guirlande de fleurs complète sa coiffure.
XVIIe siècle. Toile. Encadré.

Haut., 80 cent ; larg., 60 cent.

ÉCOLE FLAMANDE

119 — *Nymphes dansant.*

Dix nymphes, les unes nues, les autres vêtues de longues tuniques, se tiennent par la main et dansent une ronde au son des instruments que tiennent quatre de leurs compagnes assises à droite et à gauche de la composition.
Grisaille. Toile. XVIIe siècle. Encadré.

Haut., 31 cent. ; larg., 52 cent.

ÉCOLE FLAMANDE

120 — *Vénus.*

Elle est assise sur un tertre, demi-nue, et tient en main un miroir ; deux amours s'apprêtent à la couronner de roses ; près d'elle on aperçoit deux colombes.
Panneau. XVIIe siècle.

Haut., 78 cent. ; larg., 52 cent.

ÉCOLE FLORENTINE

121 — *La Vierge et l'Enfant.*

La Vierge est représentée à mi-corps, de trois quarts à gauche, voilée, vêtue d'une robe rouge et d'un grand manteau bleu. Elle soutient l'Enfant Jésus qui est assis devant elle sur un coussin posé sur une tablette de marbre. De la main droite, l'Enfant, vêtu d'une tunique dorée, tient une fleur ; de la gauche, il se retient au manteau de sa mère.
Fond d'or gaufré. XVe siècle. Panneau. Encadré.

Haut., 45 cent. ; larg., 43 cent.

ÉCOLE FRANÇAISE

122 — *Judith remettant à sa servante la tête d'Holopherne qu'elle vient de trancher d'un coutelas qu'elle tient à la main.*

XVIIe siècle. Toile. Encadré.

Haut., 85 cent.; larg., 1 m. 10 cent.

ÉCOLE FRANÇAISE

123 — *Figure d'homme.*

Nu, couché, appuyé sur un rocher recouvert d'une draperie rouge; en arrière, à gauche, on aperçoit un casque et un bouclier.

XVIIIe siècle. Toile. Encadré.

Long., 1 m. 25 cent; haut., 96 cent.

124 — *Figure d'homme.*

Nu, couché, la tête rejetée en arrière.

XVIIIe siècle. Toile. Encadré.

Long., 1 m. 25 cent.; haut., 96 cent.

ÉCOLE ITALIENNE

125 — *L'Annonciation.*

La Vierge, nimbée, vêtue d'une robe rouge et d'un manteau bleu, est assise dans sa chambre, un livre ouvert sur les genoux; elle croise les mains sur sa poitrine en écoutant la parole de l'ange qui, agenouillé devant elle, fait un geste de bénédiction. Dans le haut de la composition, le Père Éternel bénissant la Vierge.

Fond d'or. Cadre en bois doré et gaufré, sculpté dans le même panneau. Florence. XVe siècle.

Diamètre, 33 cent.

ÉCOLE ITALIENNE

126 — *Portrait de femme.*

En buste, de profil à gauche, elle est vêtue d'une robe décolletée; les cheveux blonds retombent en longues mèches le long de ses joues ou, tordus, forment une sorte de couronne autour de sa tête.

Fond rouge et bleu foncé, semé de tiges végétales. Panneau provenant de la décoration d'un plafond. XVe siècle.

Haut., 38 cent.; larg., 33 cent

ÉCOLE ITALIENNE

127 — *La Fuite en Égypte.*

Saint Joseph, vêtu d'une robe grise et d'un manteau jaune, coiffé d'un bonnet rouge, tire par sa longe l'âne qui porte, sur son dos, la Vierge et Jésus ; celui-ci, entièrement nu, fait, de la main droite, le geste de la bénédiction. A droite, à l'arrière plan, deux personnages contemplent les voyageurs.

Fond de paysage montagneux. A gauche, au fond, une ville fortifiée.

Commencement du XVIe siècle. Panneau. Encadré.

Haut., 325 millim.; long., 1 m. 07 cent.

ÉCOLE ITALIENNE

128 — *Deux anges assis et faisant de la musique.*

XVIe siècle

Haut., 62 cent.; larg., 8 cent.

ÉCOLE ITALIENNE

129 — *Portrait d'homme.*

En buste et de trois quarts à gauche, il est vêtu d'un pourpoint violet à manches de velours vert, décoré de broderies d'or. Une fraise entoure son cou; son visage est imberbe, ses cheveux sont courts et relevés.

Fond vert. Dans le haut on lit l'inscription : *Joannes. Med. tices.*

Fin du XVIe siècle. Panneau. Cadre ancien en bois sculpté, partiellement doré.

Haut., 63 cent.; larg., 55 cent.

ÉCOLE ITALIENNE

130 — *Un Saint.*

En buste, le visage tourné vers la droite, les yeux levés au ciel; une grande barbe blanche entoure sa figure : il pose la main droite sur son cœur. Toile. XVIIe siècle. Encadré.

Haut., 64 cent.; larg., 50 cent.

ÉCOLE MILANAISE

131 — *Étude de tête de femme.*

De trois quarts à gauche, légèrement inclinée, les yeux baissés, les cheveux frisés, divisés sur le front et retombant le long des joues. Grisaille sur panneau. Fin du XVe siècle. Cadre ancien en bois noirci, rehaussé d'arabesques d'or.

Haut., 22 cent.; larg., 168 millim.

ÉCOLE MILANAISE

132 — *La Vierge et l'Enfant Jésus.*

La Vierge, le visage tourné vers la droite, est assise au milieu d'un paysage; de ses deux mains elle soutient l'Enfant Jésus qui prend le sein de sa mère et tourne le visage vers le spectateur. A gauche, fond de paysage montagneux. XVIe siècle. Panneau. Encadré.

Haut., 41 cent.; larg., 30 cent.

GIULIO CLOVIO (Attribué à)

133 — Miniature : *La Vierge.*

Elle est représentée à mi-corps de trois quarts à droite, les mains croisées sur la poitrine, vêtue d'une robe rose et d'un manteau bleu; un voile blanc recouvre à demi ses cheveux et retombe sur ses épaules. Cette figure est placée dans un encadrement peint décoré de groupes d'anges, de motifs d'orfèvrerie, d'insectes et de statues exécutés sur fond d'or ou en or sur fond blanc. Cadre en poirier noirci à ornements d'or. Italie, XVIe siècle.

Hauteur de la miniature, 13 cent.
Largeur de la miniature, 105 millim.

ÉCOLE ITALIENNE

134 — Grand dessin à la plume rehaussé de sépia représentant *la Flagellation.*

Le Christ est représenté debout attaché à l'une des colonnes d'un grand édifice d'architecture; deux bourreaux le flagellent; d'autres bourreaux sont figurés au second plan. Seconde moitié du XVIe siècle.

Haut., 41 cent.; larg., 33 cent.

ÉCOLE ITALIENNE

135 — Dessin : *Portrait de femme.*

En buste, presque de face, les cheveux sont relevés sur le front et ornés d'une aigrette. Une grande fraise entoure le cou. Dessin au crayon noir sur papier verdâtre rehaussé de blanc. Fin du XVIe siècle.

Haut., 205 millim.; larg., 153 millim.

ÉCOLE ITALIENNE

136 — Dessin : *Portrait d'homme.*

Sur papier bleuté au crayon noir rehaussé de blanc. Il est représenté en buste de trois quarts à droite, les cheveux courts; il porte la moustache : un col en dentelle retombe sur son pourpoint. Au bas du dessin sont tracées la date *1618* et une signature apocryphe : *A Van Dyck.*

Haut., 215 millim.; larg., 145 millim.

HORLOGES

137 — PETITE HORLOGE en cuivre doré en forme de tour à six pans surmontée d'une coupole ajourée abritant la sonnerie. Les angles de ce monument sont ornés de pilastres en forme de balustre; les panneaux des côtés sont gravés d'arabesques et l'un de ces panneaux offre deux cadrans divisés chacun en douze heures. La base moulurée repose sur des pieds en forme de griffe et offre une frise sur laquelle on lit l'inscription : *Memento mori.* A l'intérieur du pied dans un cartouche est gravée la signature : *Nicolas Féau* à *Mercele* (Marseille). Travail français. XVIe siècle.

Haut., 20 cent.

138 — MONTRE de forme ovale en argent décoré d'émaux translucides, et en cuivre gravé; le cadran, d'argent émaillé, est divisé en douze heures et entouré de rinceaux et de figures d'enfants. Sur la tranche, des animaux courant au milieu de rinceaux. Au revers, une figure de l'Astronomie entourée de grotesques, le tout exécuté en émail sur

argent. A l'intérieur du boitier est disposée une montre solaire accompagnée d'une petite boussole. Le mouvement est signé : *I. Ballard. Bourges.* France. Fin du XVIe siècle.

Haut., 75 millim.

139 — Montre en cuivre ciselé, gravé et doré, de forme circulaire, munie d'un cadran divisé en vingt-quatre parties et gravé d'arabesques. Sur le dessus et le dessous sont figurés des Termes ; sur la tranche, des animaux au milieu de feuillages découpés à jour. Allemagne. XVIe siècle.

Diam., 6 cent.

140 — Horloge de table en forme de coupe couverte composée d'une tige en balustre supportant un gobelet de forme surbaissée, muni d'un large bord formant une frise décorée de mufles de lions et de rosaces découpées à jour. Le couvercle, bombé, aplati en son centre, offre un cadran en argent émaillé au milieu duquel se dresse une figurine mobile tenant en sa main une lance abaissée servant d'aiguille. Bronze gravé, repoussé et doré. Allemagne. Seconde moitié du XVIe siècle.

Haut., 21 cent.

141 — Petite horloge de table composée d'un pied circulaire en cuivre repoussé et d'une figure de femme drapée à l'antique, partie en argent, partie en bronze doré, soutenant sur sa tête une horloge circulaire ; le cadran est d'argent émaillé, le revers de l'horloge, dont le mouvement manque, se compose d'une plaque de bronze doré, découpé à jour, portant, au centre, des armoiries : de... au chevron de... accompagné de trois bars posés en pal, au chef de... chargé d'une quinte-feuille accompagnée de deux croissants. Une figurine de la Prudence surmonte ce mouvement. Allemagne. Fin du XVIe siècle.

Haut., 21 cent.

142 — Horloge de table de forme rectangulaire, reposant sur des pieds composés de têtes de chérubins. Chacune des faces est décorée d'un cartouche ovale renfermant un personnage assis sur une sphère céleste et tenant en main un cadran solaire. Les cadrans disposés horizontalement donnent la division du jour, les phases de la lune et les mois. Le mouvement manque. Bronze doré. Allemagne. XVIe siècle.

Haut., 85 millim. ; larg., 148 millim.

143 — Petite horloge de table de forme rectangulaire, décorée, sur ses côtés, de cartouches renfermant, exécutées en bas-relief, les figures des arts libéraux ; cadran décoré de gravures représentant des arabesques et des oiseaux. Pieds en forme de griffe de lion. Bronze doré. Travail allemand. Fin du XVIe siècle.

Haut., 7 cent.; larg., 12 cent.

144 — Grande horloge en cuivre gravé et doré posée sur un socle en ébène que supportent quatre chimères de haut relief et que décorent latéralement des plaquettes de bronze doré ornées d'arabesques. L'horloge elle-même se compose d'un monument rectangulaire muni, à ses angles, de pilastres, surmonté d'une terrasse ornée de balustres au milieu de laquelle se dresse une pyramide accompagnée de contreforts recourbés en volute. Devant et derrière sont fixés deux cadrans divisés en douze parties; sur les côtés on voit deux autres cadrans en argent gravé rehaussé d'émail. Allemagne. Fin du XVIe siècle.

Haut., 54 cent.

145 — Petite horloge de table de forme rectangulaire en cuivre gravé entièrement décorée d'arabesques; le mouvement manque. Le dessous porte gravé un écusson vide. Bronze doré. Fin du XVIe siècle.

Haut., 7 cent.; larg., 12 cent.

146 — Boite de montre de forme circulaire en cuivre et en argent ciselé, décoré de motifs représentant des fleurs s'échappant d'un vase. Le cadran manque. Allemagne. XVIIe siècle.

Diam., 6 cent.

147 — Boite de montre de forme ovale en cuivre gravé et doré, munie d'une bélière en forme de vase; les deux boitiers munis en leur centre d'une rosace repercée à jour, sont décorés de rinceaux de feuillages disposés de chaque côté d'un bucrâne. Le mouvement manque. France. Fin du XVIe siècle.

Haut., 55 millim.

BRONZES

148 — Saint Jean l'Évangéliste. Le saint est représenté debout, la tête penchée en avant, les mains jointes, dans une attitude douloureuse. Bronze doré, travail français, xve siècle. Cette figure qui accompagnait un crucifix est placée sur un socle en bois sculpté gothique.

Haut., 8 cent.

149 — Saint Jean l'Évangéliste. Il est représenté debout sur une sphère; de la main gauche il soutient les plis de son manteau et son évangile; la droite est ramenée vers la poitrine. Bronze doré. France. Commencement du xvie siècle.

Haut., 8 cent.

150 — Veilleuse ou mortier. Il est de forme cylindrique et décoré sur son pourtour de six arcatures séparées par des pilastres et abritant des figurines, Mars et Vénus, une Renommée, une femme ailée; la partie inférieure posant sur six pieds est ornée d'une frise de balustres découpés à jour. Couvercle moderne de forme hémisphérique découpé à jour. France. xvie siècle.

Haut., 25 cent.

151 — Le roi Henri II. En buste, de profil à droite, vêtu d'une cuirasse sur laquelle on aperçoit le collier de l'ordre de Saint-Michel, il porte la barbe longue, et ses cheveux courts sont ceints d'une couronne de laurier. Médaillon d'applique en bronze en partie doré. Cadre en bois. France. xvie siècle.

Hauteur du bronze, 30 cent.

152 — Guerrier antique debout et nu, de face, le corps portant sur la jambe droite, barbu; il tourne le visage vers la droite et lève le bras pour se protéger, tandis que de la main droite il tenait une épée dont la poignée seule subsiste. Bronze à patine brune, travail français attribué à François Duquesnoy. Fin du xvie siècle ou commencement du xviie siècle. Socle décoré d'incrustations de cuivre et d'écaille du temps de Louis XIV.

Haut., 28 cent.

153 — Vénus sortant du bain. Accroupie, le corps portant sur le genou droit, elle détourne la tête et s'essuie la poitrine à l'aide d'une draperie dont l'autre extrémité est enroulée autour de sa tête comme un voile. Bronze à patine brune. Jean Bologne. Fin du xvie siècle.

Haut., [illegible] cent.

154 — Sonnette décorée sur son pourtour d'une frise représentant des divinités marines ; poignée composée de deux chimères adossées. Métal de cloche. École de Padoue. Fin du xve siècle.

Haut., 12 cent.

155 — Petite lampe de style antique, de forme circulaire, décorée de godrons sur sa panse et sa partie supérieure, munie d'un anneau de suspension ; anse recourbée en forme de volute. École de Padoue. Fin du xve siècle.

Haut., 9 cent.

156 — Petite lampe de style antique, décorée sur sa panse et à sa partie supérieure, ainsi que sur son bec, de frises, de feuilles d'eau ; anse décorée d'imbrications. École de Padoue. Fin du xve siècle.

Haut., 9 cent.

157 — Petite aiguière piriforme en laiton, montée sur un pied en forme de tronc de cône, munie d'une anse représentant un basilic ; un lion accroupi forme le goulot. Couvercle en forme de bulbe et rattaché à l'anse par un pivot. Cette aiguière de dinanderie a été complètement gravée et rehaussée d'argent, soit en Orient, soit à Venise. Le décor se compose de courses de feuillages et d'ornements dans le style des aziministes. Fin du xve siècle.

Haut., 26 cent.

158 — Flambeau en cuivre repoussé, ciselé et doré, composé d'un pied hexagonal, décoré de figures de chimères et de palmettes et d'un nœud profilé suivant des scoties, interrompant une tige courte terminée par une bobèche godronnée. Italie du nord ; fin du xve siècle. Gravé dans l'*Histoire du Mobilier*, de Jacquemart.

Haut., 21 cent.

159 — Base triangulaire formant pyramide gravée sur ses faces d'arabesques et de feuillages et munie à ses angles de trois dauphins en relief. Italie. Fin du xve siècle.

Haut., 9 cent.

160 — Fragment d'un baton de croix processionnelle, composé d'une douille décorée de feuillages et de canaux, surmontée d'une boule ornée d'arabesques dans le style des aziministes. Au-dessus de cette boule est placé un motif d'ornements, feuillages et têtes de satyres, dans lequel vient s'insérer l'extrémité inférieure d'un fragment de croix. Bronze doré. Venise. Commencement du XVIe siècle.

Haut., 24 cent.

161 — Encrier en forme de vasque circulaire godronnée soutenue par trois enfants nus agenouillés. Base triangulaire, couvercle bombé et godronné. Travail vénitien. XVIe siècle.

Haut., 155 millim.

162 — Lampe de style antique en forme de chimère posant sur trois pieds ; le bec de la lampe sort de la poitrine du monstre qui parait attiser la flamme en soufflant. Patine noire. École de Padoue. Fin du XVe siècle.

Haut., 115 millim.

163 — Mortier en bronze, de forme circulaire, muni de deux anses courtes et décoré de figures de satyres adossés, séparés par des palmettes et soufflant dans de grandes trompettes. École de Padoue. Commencement du XVIe siècle.

Haut., 11 cent.

164 — Boite hémisphérique, à couvercle plat, décorée de compartiments d'arabesques gravées portant quelques traces d'incrustations d'argent ; à l'intérieur sont gravés des poissons. Travail vénitien de style oriental. XVIe siècle.

Diam., 147 millim.; haut., 7 cent.

165 — Bouton de porte représentant un buste d'enfant; des pampres retombent sur sa poitrine. Venise. Fin du XVIe siècle.

Haut., 11 cent.

166 — Bouton de porte formé par une tête de satyre en haut-relief. Italie. XVIe siècle.

Haut., 8 cent.

167 — Deux pièces : fragment d'un marteau de porte : mascaron en fer repoussé ; fragment de poignée de coffre : mascaron de bronze.

Haut., 11 cent.

168 — Un cheval. Il est représenté au pas, la crinière disposée comme les chevaux antiques ; un mors est placé dans sa bouche. Socle en marbre noir incrusté de lapis et monté en bronze doré. Italie. xvie siècle.

Haut., 195 millim.

169 — Deux petits pieds de flambeau de forme triangulaire reposant sur trois griffes de lions et ornés sur leurs pans de têtes de béliers accompagnées de feuillages et de fruits. Italie. xvie siècle. Bronze doré.

Haut., 8 cent.

170 — Buste d'enfant pleurant. Les cheveux courts et frisés, le torse découvert ; le bras gauche est relevé et coupé au bas de l'épaule. Travail italien. xvie siècle.

Haut., 13 cent.

171 — Petit buste de femme en bronze doré, vêtue d'une draperie de style antique toute gravée de rinceaux ; elle tourne légèrement vers la droite son visage qu'encadrent des cheveux bouclés noués sur le front. Socle en ébène incrusté de plaques de marbre. Italie. Fin du xvie siècle.

Hauteur du buste, 135 millim.

172 — Petit buste de femme en bronze doré ; elle est drapée à l'antique, et un pan de son manteau entoure son visage comme un voile ; ses cheveux sont divisés sur le front et surmontés d'un diadème. Italie. xvie siècle.

Hauteur du buste, 10 cent.

173 — Statuette. Vénus debout et nue posée sur un dauphin placé lui-même sur une sphère céleste. Les bras relevés, elle devait tenir de ses deux mains un voile gonflé par le vent, qui a disparu. Bronze doré. Italie. Fin du xvie siècle.

Haut., 30 cent.

174 — Autre semblable.

Haut., 30 cent.

175 — Groupe. Sur un socle rectangulaire, accompagné, à ses angles, de quatre volutes terminées par des têtes de satyres, se dresse un groupe composé d'une figure de femme ailée, vêtue d'une longue tunique,

accompagnée de deux satyres qui la tiennent par les épaules. En arrière, sur un tronc d'arbre, est placé un globe décoré de festons et de godrons sur lequel est assis un petit satyre jouant de la flûte de Pan. Bronze doré. Italie. Fin du XVIe siècle.

Haut., 46 cent.

176 — Chevaux marins (deux) en bronze doré dressés dans une sorte de fleuron composé de feuillages repliés et destinés à la décoration d'un siège. Travail vénitien. XVIIe siècle.

Haut., 12 cent.

177 — Petit groupe représentant saint Georges à cheval vêtu du costume militaire du XVe siècle, terrassant le dragon ; près de lui est agenouillée la fille du roi de Lydie. Terrasse rectangulaire bordée d'engrêlures de style gothique. Travail flamand. XVe siècle.

Haut., 15 cent.; long., 13 cent.; larg., 75 millim.

178 — Coffret rectangulaire à couvercle plat en cuivre gravé d'arabesques et doré, muni aux angles de pilastres accompagnés de guirlandes de fleurs. Aux extrémités, deux médaillons circulaires renfermant des têtes de chérubins ; sur le devant, deux anges jouant, l'un de la viole, l'autre de la harpe. La serrure et les charnières sont de fer décoré d'arabesques.

Long., 166 millim.; larg., 105 millim ; haut., 10 cent.

179 — Deux petits chapiteaux en bronze doré d'ordre corinthien. XVIe siècle.

Haut., 23 millim.

180 — Poignée de coffre composée de deux lions adossés réunis sur un mascaron. XVIe siècle.

Larg., 11 cent.

181 — Boucle composée de deux figures d'enfants et de deux chimères soutenant ou accostant les armes des Colonna et des Orsini. Fin du XVIe siècle.

Larg., 95 millim.

182 — Boucle de ceinture en bronze décorée d'aigles héraldiques. XVIe siècle.

Larg., 18 cent.

183 — SAINT ROCH. Le saint porte le costume des pèlerins ; de la main gauche il découvre sa cuisse blessée ; de la droite, relevée, il s'appuyait sur un bâton. A ses pieds est couché un chien. Bronze doré. XVIe siècle.

Haut., 65 millim.

184 — PAIRE DE CHENETS en bronze composés d'une tige en forme de pyramide dressée sur ses pieds, terminés par des griffes et surmontés d'un vase à panse godronnée. Les tiges sont plaquées d'argent. XVIe siècle.

Haut., 75 cent.

185 — PETIT MARTEAU DE PORTE composé d'une plaque en forme de cartouche ovale orné d'un masque de satyre et d'un heurtoir en forme de poire. Bronze doré. Fin du XVIe siècle.

Haut., 143 millim.; larg., 113 millim.

186 — DEUX PETITES POIGNÉES composées de masques de lions surmontés de volutes, tenant dans leurs gueules des anneaux mobiles. Bronze doré. France. XVIe siècle.

Haut., 69 cent.

187 — PAIRE DE CHENETS en bronze. Chacun des chenets se compose de dauphins réunis par une guirlande de fleurs et séparés par une tête de chérubin sur laquelle se dresse une base moulurée supportant un vase à large panse. Les chenets sont terminés, l'un par une figure de Jupiter tenant la foudre, l'autre par une figure de Junon accompagnée d'un paon. Figures de la fin du XVIe siècle.

188 — MICHEL-ANGE (d'après). *Le Penseur*. Fonte de Barbedienne. Signé.

Haut., 37 cent.

PLAQUETTES

189 — ARIADNE DANS L'ILE DE NAXOS. Au centre de la composition on aperçoit Ariadne demi-nue, assise sur un rocher, appuyée sur une torche renversée ; autour d'elle, des bacchantes, un faune et une faunesse portant des trophées. En exergue la signature IOFF. Giovanni delle Corniole. Florence. Fin du XVe siècle.

Diam., 53 millim.

190 — L'Enlèvement d'Hélène. Au premier plan on aperçoit deux barques accostées l'une à l'autre, des guerriers vêtus à l'antique se disputent Hélène et l'enlèvent. Au second plan, une femme échevelée, tendant les bras dans une attitude désespérée, puis un temple antique à la frise duquel on lit la signature : IOANNI... Giovanni Bernardi de Castel Bolognese. Italie. xvie siècle.

Plomb ovale.

Larg., 8 cent.; haut., 65 millim.

191 — La Pieta. Le Christ mort est représenté à mi-corps, soutenu sur le bord du tombeau par la Vierge et saint Jean ; sous le bras droit du Christ on aperçoit un petit génie. Moderno. Italie. Fin du xve siècle.

Larg., 65 millim ; haut., 77 millim.

192 — Baiser de paix ; la Crucifixion. Au centre on aperçoit le Christ en croix entre les deux larrons ; au premier plan, à gauche, la Vierge évanouie que soutiennent deux saintes femmes ; au second plan, saint Jean, les mains jointes dans une attitude douloureuse, et la Madeleine embrassant le bois de la croix. A droite, des guerriers vêtus à l'antique : au second plan, une foule de soldats. A la partie supérieure de ce baiser de paix, un fleuron composé de deux cornes d'abondance. Bronze doré. Commencement du xvie siècle. Moderno.

Haut., 137 millim.; larg., 88 millim.

193 — Un Combat. Au premier plan on aperçoit un cavalier qui, nu, s'élance contre un groupe de piétons, nus également; à terre, un cavalier renversé ; à gauche, des cavaliers et des piétons ; au fond, une ville. Bronze doré. Moderno. Italie. Commencement du xvie siècle.

Haut., 41 millim.; larg., 6 cent.

194 — Mars et la Victoire. Le dieu casqué, nu et portant un trophée sur son épaule, entraine en courant la Victoire également nue, qui tient une palme dans la main droite. Moderno. Italie. Commencement du xvie siècle.

Haut., 71 millim.; larg., 55 millim.

195 — Hercule et le lion de Némée. Hercule tourné vers la gauche, nu et incliné en avant, cherche à étouffer le lion qui lui enfonce ses griffes dans les cuisses. Derrière le héros, un arbre mort auquel sont suspendus un arc et un carquois. Bord orné de moulures. Moderno. Italie. Commencement du xvie siècle.

Larg., 65 millim.; haut., 57 millim.

196 — Minerve. En buste de profil à droite, sa poitrine est recouverte de l'égide ; sur son casque on aperçoit un lapithe combattant un centaure. Bronze ovale. Italie. xve siècle.

Haut., 55 millim.; larg., 45 millim.

197 — Un Centaure. Il est tourné vers la droite; de son bras droit il soutient sur sa tête une corbeille tandis que, de la gauche, il porte un thyrse ; une peau de lion flotte sur ses épaules. Bronze ovale, imitation de l'antique. Italie. xve siècle.

Haut., 47 millim.; larg., 39 millim.

198 — La Vierge et l'Enfant Jésus. La Vierge est représentée à mi-corps, voilée, nimbée, soutenant de ses deux mains l'Enfant debout devant elle. Une gloire d'anges entoure ce groupe. Bordure composée de volutes et de palmettes, surmontée d'un fleuron composé de deux sirènes accostant un vase. Italie. Fin du xve siècle. Bronze.

Haut., 105 millim ; larg., 75 millim.

199 — Médaillon découpé à jour, composé d'une couronne de feuillages et de fruits à l'intérieur de laquelle est représenté un buste du Christ de profil à gauche, barbu, les cheveux longs, vêtu d'une robe à collet brodé. Bronze. Italie. Fin du xve siècle.

Diam., 115 millim.

200 — Médaillon analogue au précédent ; au centre, sainte Catherine de Sienne, en buste, voilée, de profil à droite. Bronze. Italie. Fin du xve siècle.

Diam., 115 millim.

201 — Quatre médaillons de même forme et de même style que les précédents, offrant en leur centre les bustes de saint Jean l'Évangéliste et de trois autres apôtres. Italie. Fin du xve siècle.

Diam., 115 millim.

202 — Baiser de paix. Sous un fronton au tympan duquel est figuré à mi-corps le Père Éternel, soutenu par deux pilastres ornés d'arabesques, est accroupie la Vierge qui offre son sein à l'Enfant Jésus. Au second plan, à droite, saint Jean, enfant, portant une croix. Bronze doré. Moderno. Italie. Fin du xve ou commencement du xvie siècle.

Haut., 11 cent.; larg., 7 cent.

203 — Portrait d'Agnès Frey, femme d'Albert Dürer. Elle est représentée en buste, la tête inclinée vers la gauche, le sein découvert; une femme peigne ses cheveux, tandis qu'un enfant lui présente un miroir. Au second plan, une femme dont on n'aperçoit que le haut du visage. Dans le haut, le monogramme de l'artiste : Antonio Abbondio. Italie. Commencement du xvie siècle.

Plomb ovale.

Haut., 9 cent.; larg., 7 cent.

204 — La Mise au tombeau. Au premier plan on aperçoit le Christ mort étendu à terre que soutiennent la Vierge et une sainte femme. Au second plan, des apôtres et des saintes femmes dans une attitude de douleur. Au fond, le calvaire et la ville de Jérusalem. Bronze ciselé après la fonte, doré et argenté. Italie. xvie siècle.

Haut., 105 millim.; larg., 75 millim.

205 — Le Christ de pitié. Le Christ, nimbé, couronné d'épines, est représenté à mi-corps dans le tombeau; la Vierge et saint Jean le soutiennent à droite et à gauche, tandis qu'au second plan on aperçoit trois anges pleurant, soutenant le linceul du Christ. Sur le devant du sarcophage on lit : *Ecce Angnus Dei, 1511*. Bronze doré. Travail flamand. xvie siècle.

Haut., 10 cent.; larg., 75 millim.

206 — Vénus et l'Amour. Vénus est assise, vêtue d'une simple draperie; elle retourne la tête pour se regarder dans un miroir qu'elle tient de la main gauche, tandis que de la droite elle presse contre son sein l'Amour enfant. Fond de paysage et de fabriques; bordure composée d'une torsade. Bronze ovale. Seconde moitié du xvie siècle.

Haut., 95 millim.; larg., 75 millim.

207 — Diane, Vénus et l'Amour. Au premier plan on aperçoit Diane, drapée à l'antique, tenant de la main droite un arc, saisissant de la gauche une longue flèche que lui présente une femme ailée qui vole au-dessus d'elle. La même femme pose une couronne de lauriers sur la tête de Vénus, vers laquelle s'élance l'Amour. Fond de paysage et de fabrique; dans le haut une banderole. Bronze ovale attribué à Paulus Van Vianen. Fin du xvie siècle.

Haut., 92 millim.; larg., 71 millim.

208 — Un Génie. Il est représenté ailé, dirigé vers la droite, vêtu d'une draperie flottante et soufflant dans une trompette. Bronze argenté et doré. xvie siècle.

Haut., 11 cent.; larg., 55 millim.

CUIVRES ET FERS

209 — Vasque ovale en cuivre rouge battu et repoussé, décorée de godrons, reposant sur quatre pieds en forme de griffes de lions; anses plates recourbées en volutes. Italie. xviie siècle.

Long., 59 cent.; haut., 25 cent.

210 — Garde-feu en cuivre jaune repoussé affectant la forme d'une moitié de cloche, décoré de godrons et d'un aigle entouré de feuillages.

Haut., 44 cent.; larg., 50 cent.

211 — Aiguière en forme de vase à panse piriforme, surmontée d'un couvercle hémisphérique, accompagnée de deux anses en volutes et d'un goulot recourbé fixé sur l'épaule du vase. Le décor, exécuté au repoussé, consiste en godrons, têtes de chérubins, oiseaux et feuillages. Travail flamand. xviie siècle.

Haut., 43 cent.

212 — Lustre hollandais en cuivre à douze lumières disposées en deux étages. Les branches sont en formes de volute et, à la partie inférieure du lustre, est un anneau ouvragé passé dans une gueule de lion. Une figure d'homme assis sert à suspendre le lustre. xvie siècle.

Haut., 57 cent.

213 — Coffret rectangulaire en fer repercé à jour, à couvercle presque plat, muni d'un double moraillon, qui vient s'insérer dans une serrure dont l'entrée est déguisée par une pièce mobile. Sur le côté, des anneaux destinés à recevoir des courroies de suspension. Travail français. Fin du xve siècle.

Haut., 12 cent.; larg., 195 millim.; prof., 14 cent.

214 — Bras de lumière composé d'une potence recourbée en volute, accompagné d'engrêlures de style gothique, supportant une tige tordue terminée par une fleur de lis épanouie supportant l'appareil de

lumières. A la partie antérieure de la potence est fixé un écusson d'armoiries, chargé de deux clefs en sautoir. Fer rehaussé de peintures et de dorures. France. Fin du XVe siècle.

Haut., 1 m. 5 cent.

215 — Verrou. Il est de forme rectangulaire, découpé à jour et décoré de la lettre L, initiale du roi Louis XII, accompagnée d'une couronne fleurdelisée. France. Commencement du XVIe siècle.

Haut., 11 cent.; larg., 59 millim.

(Provient du château de Blois.)

216 — Verrou. Il se compose de la lettre F, initiale de François Ier, couronnée et accompagnée d'une branche de laurier; la targette glisse dans le jambage intérieur de la lettre. France. XVIe siècle.

Haut., 145 millim.; larg., 65 millim.

(Provient du château de Chambord.)

217 — Deux plaques demi-cylindriques provenant de la décoration d'un meuble; elles sont décorées, au moyen de l'estampage, des armes de France entourées du collier de l'ordre de Saint-Michel, des initiales de Catherine de Médicis et de Henri II et des croissants entrelacés, emblème adopté par ce prince. Au centre de ces plaques sont fixées des poignées mobiles composées de deux dauphins accostant une coquille. Fer doré. France. XVIe siècle.

Haut., 15 cent.; larg., 55 millim.

218 — Baiser de paix composé d'une plaque rectangulaire et d'une autre plaque de forme découpée formant couronnement, le tout en fer repoussé, damasquiné d'or et d'argent. Au centre on aperçoit le Christ mort soutenu dans le tombeau par la Vierge et saint Jean. Au fond, une croix et la ville de Jérusalem. Au couronnement est figuré Dieu le Père accompagné d'anges et des représentations du soleil et de la lune. Monture en bois. Fer damasquiné et doré. Travail vénitien. XVIe siècle.

Haut., 228 millim.; larg., 14 cent.

219 — Crucifix en fer gravé et damasquiné d'or; la figure du Christ, de haut-relief, est en fer ciselé. Travail espagnol. XVIe siècle.

Haut., 18 cent.

220 — Support en fer destiné à soutenir un cierge ; pied triangulaire surmonté d'une construction également triangulaire au-dessous de laquelle se dresse une tige en balustre supportant une sorte de couronne à bordure découpée à jour. Au centre devait autrefois être placé le luminaire. Traces de dorure. Espagne. XVIe siècle.

Haut., 1 m. 27 cent.

221 — Pupitre en fer forgé composé d'un cadre rectangulaire sur lequel vient s'appuyer le pupitre proprement dit ; il est formé d'une série de balustres surmontés d'une frise découpée à jour ornée de dauphins et de petits vases rehaussés d'or. A la partie antérieure, sur la tablette destinée à arrêter le livre, sont fixés des médaillons représentant des têtes d'hommes en bas-relief. Espagne. XVIe siècle.

Haut., 30 cent.; larg., 32 cent.

222 — Support en fer forgé composé d'une tige tordue portée par trois pieds en volutes et soutenant trois potences de fer découpé à jour, destinées à porter un plateau. Espagne.

Haut., 89 cent.

223 — Grille en fer forgé formant garde-feu, composée de panneaux décorés de grandes volutes plusieurs fois repliées, resserrées par une bague à leur partie médiane.

Haut., 52 cent., larg., 1 m. 88 cent.

224 — Pelle a feu en fer forgé à manche décoré de trois larges motifs composés de volutes plusieurs fois repliées.

Long., 94 cent.

225 — Deux bras de lumière en fer forgé rehaussé de dorures. Ils se composent d'une potence en forme de triangle, décorée d'entrelacs et de rinceaux à l'extrémité de laquelle se dresse un gros fleuron accompagné de feuillages et de fleurs supportant un plateau destiné au luminaire. XVIe siècle.

Haut., 52 cent.

226 — Pièce de suspension en fer forgé composée de quatre panneaux se raccordant à angle droit, soutenus par un motif de même style, mais plus petit, accroché à une potence de fer gravé et doré. XVIe siècle.

Haut., 55 cent.

227 — Grille formant garde-feu en fer forgé, composée de deux panneaux; les motifs de ferronnerie affectent la forme de lettres S réunies par des bagues dorées, ainsi que les fleurons qui surmontent la grille. Espagne. xviᵉ siècle.

Haut., 1 m. 6 cent.; larg., 1 m. 20 cent.

SCULPTURES

228 — Tête de femme, en marbre grec, trouvée à Athènes en 1852.

Haut., 40 cent.

229 — Partie antérieure d'un pied droit, en marbre, posant sur un fragment de base. Travail grec.

Haut., 11 cent.; larg., 15 cent.

(*Vente Piot.*)

230 — Petite tête de femme en marbre blanc; ses cheveux sont noués sur le front et forment un chignon derrière la tête.

Haut., 6 cent.

231 — Une lionne. Elle est représentée accroupie, les deux pattes de devant étendues, la tête dressée et tournée vers la gauche. Marbre blanc. Travail italien. xvᵉ siècle.

Long., 29 cent.; haut., 19 cent.

232 — Bas-relief cintré par le haut, représentant un jeune homme en buste de profil à gauche, les cheveux longs retombant sur les épaules, la tête ceinte d'une couronne de laurier. Il est vêtu d'une cuirasse de style antique sur le haut de laquelle est figurée une tête de Gorgone accompagnée d'ailes. Cadre en bois sculpté et doré. École florentine. Deuxième moitié du xvᵉ siècle.

Hauteur du marbre, 41 cent.
Largeur du marbre, 27 cent.

233 — Médaillon circulaire en marbre, offrant sur sa face un buste d'homme de profil à gauche, imberbe, les cheveux longs, coiffé d'un bonnet, vêtu d'un pourpoint. Au revers, une figure de femme debout drapée à l'antique, tenant de la main droite un compas ouvert. Travail italien. Fin du xvᵉ siècle.

Diam., 157 millim.

Collection E. Bonnaffé

232

216 20

24 260 264 242

71 10 233

234 — MÉDAILLON circulaire en marbre représentant un portrait d'homme, en buste, de profil à droite, tête nue. Ce médaillon est inséré dans un cadre en bois doré de forme triangulaire, supporté par un cul-de-lampe composé de deux volutes adossées. Sur ce cadre sont sculptés des enfants supportant un écusson d'armoiries, une figure de femme accompagnée de jeunes enfants jouant du tambourin, des feuillages et des arabesques. Italie, XVIe siècle.

Haut., 70 cent.; larg., 55 cent.
Diamètre du médaillon, 17 cent.

235 — BUSTE, grandeur nature, d'une petite fille, vêtue d'une robe montante à corsage brodé, à manches également brodées et décorées de crevés. Une fraise tuyautée entoure le cou, et la tête est recouverte d'un bonnet d'où s'échappent, sur le front et les tempes, des mèches de cheveux frisés. Marbre blanc. Travail français. Deuxième moitié du XVIe siècle.

Haut., 29 cent.; larg., 28 cent.

236 — CHEMINÉE en marbre blanc supportée par deux colonnettes de bois sculpté et doré en forme de fuseau. Les ornements du couronnement de la cheminée figurant des feuillages et des soleils sont en bois sculpté et doré. France. XVIIIe siècle.

Haut., 1 m. 8 cent.; larg., 1 m. 29 cent.; prof., 32 cent.

237 — CHARLES-QUINT. Il est représenté en buste de profil à droite, barbu, les cheveux longs, coiffé d'une petite toque plate; il est vêtu d'une houppelande à large collet de fourrure. Marbre blanc. Travail flamand. XVIe siècle.

Haut., 28 cent.

238 — FRANÇOIS Ier. Il est représenté en buste, cuirassé, de profil à gauche, barbu, les cheveux longs, couronné. Sur son cou, le collier de l'ordre de Saint-Michel. Pendant du numéro précédent. Marbre blanc. Travail flamand. XVIe siècle.

Ces deux médaillons font partie de la cheminée n° 305.

Haut., 29 cent.

239 — BUSTE DE JEUNE HOMME. Le cou et les épaules sont nus, le visage

est imberbe, les cheveux courts sont frisés ; le regard est dirigé vers la gauche. Marbre blanc, piédouche en marbre de couleurs. Imitation de l'antique. XVIe siècle.

Haut., 49 cent.

240 — UN CHANOINE. Il est représenté debout, lisant ses heures, vêtu d'une robe et d'un surplis à larges manches; il est coiffé d'une aumusse. Cette figure de marbre, de travail français du XVe siècle, est placée dans une niche en bois sculpté, peint et doré, dans le style de la première Renaissance française. Au bas de cette niche est figuré un enfant (Daniel) agenouillé entre deux lions.

Hauteur de la statuette, 30 cent.

241 — BAS-RELIEF. Le Christ à la colonne. Il est représenté debout, un linge noué autour des reins, les mains derrière le dos, lié à un pilier; les cheveux longs, la barbe frisée, il incline la tête vers la gauche. Terre cuite. Fin du XVIe siècle.

Haut., 16 cent.; larg., 8 cent.

242 — LA VIERGE ET L'ENFANT JÉSUS. La Vierge, voilée et couronnée, vêtue d'une longue robe et d'un grand manteau, porte sur son bras gauche l'Enfant Jésus et de la main droite lui offre un oiseau. Pierre lithographique portant des traces de dorure et de peinture. Travail français. XIVe siècle. Cette figure est placée sur un socle en cuivre doré, décoré de médaillons en argent émaillé.

Haut., 23 cent.

243 — PETIT CHAPITEAU sur plan quadrilobé, décoré de feuillages et de moulures de style gothique. Pierre. Travail français. XIVe siècle.

Haut., 8 cent.

244 — LA VIERGE. Elle est représentée assise, soutenant, de la main gauche, un livre ouvert sur lequel elle jette les yeux; elle est vêtue d'une robe serrée à la taille par une ceinture, d'un grand manteau dont les plis retombent sur ses bras et sur ses genoux et est chaussée de sandales; ses cheveux divisés sur le front sont nattés ou retombent sur son cou. Le banc sur lequel elle est assise est décoré de têtes de chérubins. Stuc doré et peint. Espagne. Fin du XVIe siècle.

Haut., 53 cent.

Collection E. Bonnaffé

54

274

266

272

244

CIRES, IVOIRES

245 — Modèle de fontaine. Un jeune enfant, debout et nu, relève la main gauche et, de la droite, retient un dauphin dont la queue s'enroule autour de sa jambe gauche. Ce poisson était destiné à conduire les eaux de la fontaine. Cire dorée. Italie. xvie siècle.

Haut., 63 cent.

246 — Plaque rectangulaire. La Crucifixion : Sous un dôme d'architecture découpée à jour, supporté par des colonnettes entièrement repercées, se dresse la croix à laquelle le Sauveur est fixé par quatre clous ; il porte la barbe et les cheveux longs, ses reins sont entourés d'une draperie et ses pieds reposent sur un suppedaneum. A droite et à gauche de la tête du Christ, l'inscription : IC XC. A droite se tient, debout, saint Jean l'évangéliste, la tête appuyée sur la main droite dans une attitude douloureuse : Ο αγιος Ιωαννης ; à gauche, la Vierge, debout, voilée, ramène sa main gauche vers sa poitrine et de la droite étendue fait un geste de douleur. Μητηρ Θεου. Au dessous du Christ on aperçoit trois soldats qui, accroupis, se partagent ses vêtements, scène expliquée par l'inscription : Ο διαμερισμος. Tout au bas enfin est couché un personnage demi-nu, Adam, de la poitrine duquel sort le bois de la croix. Cette figure est accompagnée de l'inscription : ο σταυρος εμπαγειν επι κοιλια του αδαμου (La croix est plantée dans les entrailles d'Adam). Ivoire. Travail byzantin. x^e ou xie siècle.

Haut., 127 millim.; larg., 88 millim.

247 — Plaque rectangulaire. L'Annonciation : En avant d'un édifice dont les façades de style antique sont ornées de piliers et que surmonte une coupole, on aperçoit la Vierge debout, voilée, les mains étendues dans une attitude étonnée, écoutant la parole de l'ange qui la bénit et lui annonce qu'elle sera mère du Sauveur. Bordure composée d'un rang de feuillages de style antique. Ivoire. Travail allemand. xe siècle.

Haut., 93 millim.; larg., 62 millim.

248 — Plaque rectangulaire. Sous une arcature gothique surmontée à

droite et à gauche de deux figures d'anges, sont debout la Vierge allaitant l'Enfant Jésus et saint Jacques le Majeur en costume de pèlerin. Ivoire. Travail hispano-flamand. Fin du XIVᵉ siècle.

Haut., 112 millim.; long., 6 cent.

249 — DIPTYQUE en ivoire. Sur le volet gauche est représentée une scène de martyre ; un bourreau, vêtu du costume du commencement du XVIᵉ siècle, s'efforce d'étrangler à l'aide d'une corde le personnage qu'il vient de terrasser. Fond de paysage et de fabriques. Sur le volet droit on assiste à la décollation de sainte Catherine d'Alexandrie ; la sainte, couronnée, nimbée, les mains jointes, va recevoir un coup d'une grande épée que brandit derrière elle un soldat. Au second plan, à gauche, une roue destinée au supplice de la sainte. Charnières et fermoirs en argent. Art allemand. Commencement du XVIᵉ siècle.

Haut., 8 cent.; larg., 115 millim.

250 — SALIÈRE en ivoire de forme circulaire, montée en argent doré ; sur le pourtour de la salière sont représentées, à l'aide de personnages allégoriques portant différents attributs, sept planètes. Les pieds de la salière sont formés par des dragons, le saleron est entouré d'une couronne de laurier. Allemagne. XVIᵉ siècle.

Haut., 75 millim.; diam., 82 millim.

251 — COFFRET rectangulaire à couvercle prismatique entièrement recouvert de plaques d'ivoire décorées de sujets et d'ornements peints et rehaussés d'or. Sur la face antérieure on aperçoit, deux fois répété, un même sujet : un homme et une femme debout de chaque côté d'une fontaine. Aux extrémités et à la partie postérieure sont figurés de grands rinceaux ou des oiseaux inscrits dans des médaillons. Trous de fermeture en cuivre. Travail italien imité d'un type oriental. Commencement du XVᵉ siècle.

Long., 17 cent.; haut., 12 cent.; larg. 105 millim.

252 — COFFRET rectangulaire à couvercle plat, composé de plaques d'os gravé et représentant, au pourtour du coffret, une scène de tournoi, une chasse au cerf, la récolte des poires ; puis, sur le dessus, des jon-

gleurs dansant au son d'une flûte et d'un tambourin. Le dessous du coffret est muni d'un échiquier accompagné d'ornements en certosina. Travail du nord de l'Italie. Fin du xve siècle.

Long., 16 cent.; larg., 125 millim.; haut., 75 millim.

253 — La Vierge et l'Enfant Jésus. Assise sur un banc sans dossier, tournée vers la droite, la Vierge, vêtue d'une longue robe et d'un ample manteau qui se drape sur ses genoux, un voile sur la tête, soutient de ses deux mains l'Enfant Jésus qui, de la main droite, fait le geste de la bénédiction. Couronne en argent; base entourée d'une frise de cuivre repercée et crénelée. Ivoire. Travail français. xive siècle.

Haut., 145 millim.

254 — Plaque rectangulaire. Sous une triple arcature de style gothique, surmontée de gables et d'engrêlures de même style, le tout découpé à jour, on aperçoit, debout, la Vierge couronnée, portant l'Enfant Jésus; près d'elle se tiennent, à droite, saint Jean-Baptiste portant l'agneau mystique, à gauche, sainte Catherine d'Alexandrie avec la palme des martyrs et la roue dentée, instrument de son supplice. Ivoire. Travail franco-flamand. Fin du xive siècle.

Haut., 92 millim.; larg., 66 millim.

255 — Sainte Marguerite. La sainte est représentée debout, vêtue d'une tunique et d'un manteau drapé à l'antique, les cheveux surmontés d'un diadème et entremêlés de perles; de la main gauche elle tient l'extrémité d'une chaîne passée au cou du dragon qu'elle foule aux pieds. Ivoire. Travail français. xviie siècle. Socle en porphyre.

Haut., 135 millim.

256 — Petit buste de femme couronnée, vêtue d'une robe décolletée, décoré de motifs d'ornements rappelant le galbe de la fleur de lys; la coiffure est terminée, à la partie postérieure, par un voile qui enveloppe le chignon, se compose de deux torsades de cheveux terminées, sur les oreilles, en colimaçon, retenues par des rubans qui viennent se relier, sur le sommet de la tête, à un bijou. La base du buste ainsi que la couronne sont en cuivre ciselé et doré. Ivoire.

Haut., 11 cent.

BUIS

257 — La Vierge et l'Enfant Jésus. Debout, le corps portant sur la jambe gauche, la Vierge, voilée, couronnée, vêtue d'un grand manteau et d'une robe trainante, porte de la main droite un livre fermé et de la gauche soutient l'Enfant Jésus qui joue avec un oiseau. Nombreuses traces de peinture et de dorure. Buis. Travail français. xive siècle. Ce groupe est placé sur un socle de la Renaissance en cuivre doré, décoré de feuillages et de la devise : « *Dieu est mon espérance* », plusieurs fois répétée.

Haut., 14 cent.

258 — La Vierge et l'Enfant Jésus. Debout tournée vers la droite ; vêtue d'une longue robe et d'un manteau dont un pan, ramené sur la tête, forme voile, couronnée ; de la main droite, la Vierge tient une tige de lys, de la gauche soutient l'Enfant Jésus qui bénit. Base sculptée. Buis. Travail français. xive siècle.

Haut., 14 cent.

259 — La Vierge et l'Enfant Jésus. Elle est représentée de face, assise sur un siège sans dossier, drapée dans un vaste manteau dont un pan, ramené sur la tête, forme voile. Elle soutient, de la main droite, l'Enfant Jésus sur ses genoux : de la gauche elle lui présente le sein. Buis. Allemagne. xve siècle.

Haut., 15 cent.

260 — Portrait de Wenczel Jamnitzer, orfèvre de Nuremberg († 1586). Il est représenté debout, pieds nus, vêtu d'une sorte de pourpoint et d'un haut de chausse, drapé dans un grand manteau qu'il a ramené sur sa tête ; le poing appuyé sur la hanche, de la main droite il caresse sa longue barbe. Buis. École de Nuremberg. xvie siècle.

Haut., 187 millim.

BOIS SCULPTÉS

261 — Grand coffre en bois de cyprès gravé et champlevé, décoré, sur sa face antérieure, de scènes de chasse, de personnages dansant et faisant de la musique et d'une sorte de représentation de la fontaine

de Jouvence; les personnages portent des costumes, moitié italiens, moitié français du xve siècle. Les fonds pointillés sur lesquels ils se détachent sont ornés, ainsi que les bordures, de rinceaux et d'animaux de style oriental. Sur la manche de l'un des personnages on lit l'inscription MRI (*Magistri?*), RUGERI. Pieds griffes de lions. Travail de l'Italie du nord. Milieu du xve siècle. Gravé dans la *Gazette des Beaux-Arts*.

Long., 1 m. 82 cent.; haut., 70 cent.

262 — SAINT SÉBASTIEN. Le saint, debout, et vêtu d'une simple draperie, est attaché par les deux mains à un tronc d'arbre auquel il s'appuie; son visage, à la barbe naissante, est entouré de cheveux bouclés. Statuette. Travail italien. xvie siècle.

Haut., 29 cent.

263 — DEUX CARIATIDES en noyer sculpté provenant de la décoration d'un meuble; l'une représente un homme, l'autre une femme, les bras croisés sur la poitrine; à la partie inférieure, des cariatides sont sculptés des mascarons et des guirlandes de feuillages. Italie. Fin du xvie siècle.

Haut., 47 cent.

264 — FIGURE DE NÉGRESSE NUE, agenouillée sur le genou gauche, la tête relevée, les mains croisées sur le genou droit; elle repose sur une sphère aplatie prise dans la même masse que la statuette. Bois d'ébène. Travail italien. xvie siècle. Cette figure est placée sur un socle en lapis orné d'appliques en cuivre émaillé et doré.

Haut., 117 millim.

265 — FRAGMENT DE RÉTABLE composé d'une niche et d'un contrefort ajouré, décoré d'arcatures géminées de style gothique. Bois doré. Travail français. xve siècle.

Haut., 48 cent.

266 — SAINT CRÉPIN. Il est représenté debout, vêtu d'une houppelande, les cheveux longs, coiffé d'un bonnet; d'une main il tient un tranchet et se prépare à découper une peau placée devant lui sur une sorte d'étal de style gothique. A droite et à gauche sont assis deux apprentis travaillant à des chaussures. Terrasse moulurée. Les personnages portent le costume français du commencement du xvie siècle. Reproduit dans l'*Art*.

Long., 39 cent., haut., 42 cent.

267 — Un Prophète. Il est représenté debout, vêtu d'une longue robe et drapé dans un grand manteau ; imberbe, les cheveux longs, coiffé d'un bonnet de fourrure, il relève la main droite et, de la gauche, tient une banderole. Chêne. France. Commencement du XVIe siècle.

Haut., 22 cent.

268 — Bas-relief rectangulaire en chêne, représentant sous une arcature trois personnages vus à mi-corps : un roi couronné et tenant un sceptre, accompagné de deux personnages plus petits également couronnés et prêts à s'embrasser. Aux angles, des feuillages de haut-relief. Normandie. Commencement du XVIe siècle.

Haut., 30 cent.; larg., 55 cent.

269 — Deux colonnes torses décorées sur toute la longueur de leurs fûts, interrompus par une bague saillante, de rinceaux, de tiges de fleurs ou d'animaux fantastiques sculptés ou dorés, s'enlevant sur un fond de peinture. Chapiteaux ornés de feuilles de laurier et d'imbrications. Bois de chêne. Travail français. Commencement du XVIe siècle.

Haut., 1 m. 61 cent.

270 — Devant de coffre orné en son centre d'une couronne de fruits et de feuillages encadrant un buste du roi François Ier de haut-relief. Ce médaillon est soutenu par deux figures d'enfants terminées chacune par un double rinceau s'épanouissant à ses extrémités en têtes de dauphins ou en masques d'hommes barbus. Des oiseaux, deux petits génies musiciens sont distribués symétriquement sur ces motifs d'ornements. Le panneau est limité à ses extrémités par des pilastres surmontés de chapiteaux feuillagés. Bois de noyer. Travail français. Première moitié du XVIe siècle. Provient du château de Tournoël dans le Puy-de-Dôme.

Reproduit dans *le Meuble en France au XVIe siècle.*

Haut., 70 cent.; larg., 1 m. 70 cent.

271 — Pilastre décoré d'arabesques de feuillages encadrant un médaillon représentant une tête casquée, surmonté d'une figure de femme. Bois de chêne. Travail français. Première moitié du XVIe siècle.

Haut., 1 m. 32 cent.

Collection E. Bonnaffé

270

272 — Grand panneau en noyer sculpté décoré d'un médaillon ovale sur lequel sont représentés des guerriers antiques entourés de cuirs découpés et de guirlandes de fleurs et de fruits. A la partie inférieure du panneau se dresse une figure en gaine de style antique d'où partent deux groupes de rinceaux symétriques. Ile-de-France. Milieu du xvie siècle.

Reproduit dans la *Gazette des Beaux-Arts*, dans *l'Art pour tous*, etc.

Haut., 1 m. 6 cent.; larg., 53 cent.

273 — Panneau d'un meuble en noyer sculpté. Il représente une nymphe ou une divinité marine nue, debout dans une coquille voguant sur les flots. De la main gauche elle s'appuie sur un aviron, de la droite elle soulève une draperie dont les plis retombent derrière elle. A gauche un petit génie et un cygne. Imitation d'un bas-relief de l'école de Jean Goujon. Ile-de-France. Milieu du xvie siècle.

274 — Médaillon en noyer sculpté représentant une tête de guerrier de haut-relief, le visage tourné vers la droite, imberbe, coiffé d'un casque dont la visière est ornée d'un mufle de lion et portant sur les côtés des ailettes. La cuirasse offre des ornements en creux destinés à recevoir des pâtes colorées. Auvergne. xvie siècle.

Hauteur de la tête, 34 cent.

275 — Deux panneaux rectangulaires se faisant pendants : sur l'un est représentée une femme debout vêtue d'une tunique flottante tenant d'une main un archet, de l'autre une viole. Ce personnage repose sur un cul-de-lampe formé de feuillages. Sur l'autre panneau est représenté un homme debout vêtu d'une draperie et jouant de la viole. Bois de chêne. Travail français. xvie siècle.

Haut., 1 m. 14 cent.; larg., 625 millim.

276 — Deux panneaux rectangulaires en bois sculpté et découpé à jour représentant une sorte de satyre ailé dont le corps se termine par deux grands rinceaux symétriques. Travail français. xvie siècle.

Haut., 65 cent.; larg., 30 cent.

277 — Deux glaces rectangulaires surmontées de couronnements composés

de grands rinceaux découpés à jour accompagnés de chimères, de dragons ou d'oiseaux peints. Les couronnements, seuls, sont anciens et de travail français de la fin du XVIe siècle.

Haut., 1 m. 32 cent.; larg., 1 m. 55 cent.

278 — GAINE en noyer sculpté, surmontée d'une tête de femme entourée de feuillages et de fleurs; sur la poitrine s'étale une grande feuille frisée et découpée, renversée; le bas de la gaine est décoré de moulures et d'incrustations de bois coloré. Travail français. Fin du XVIe siècle.

Haut., 1 m. 47 cent.

279 — AUTRE SEMBLABLE, de travail moderne.

Haut., 1 m. 47 cent.

280 — MÉDAILLON circulaire en chêne représentant un buste d'empereur romain de profil à droite, imberbe, lauré; l'encadrement est formé d'une couronne de fruits, de feuillages et de fleurs, noués par des bandelettes, de distance en distance. France. Commencement du XVIIe siècle.

Diam., 55 cent.

281 — BUSTE D'ENFANT en bois sculpté: le regard est dirigé vers la droite; les cheveux bouclés sont agités par le vent. Bois de chêne. France. XVIIe siècle.

Haut., 22 cent.

282 — SAINT ADRIEN. Le saint est représenté debout vêtu d'une armure qui recouvre tout le corps, sauf les bras où apparaissent des manches de maille et d'étoffe; de la main gauche il soutient les plis d'un manteau drapé sur son épaule et une enclume, de la droite il tenait un attribut qui a disparu. Son visage est imberbe, et ses cheveux longs sont coiffés d'une large toque. A ses pieds, un lion. Travail flamand. XVe siècle.

Haut., 89 cent.

283 — SAINT GEORGES. Debout, vêtu d'une armure complète, tête nue, les cheveux longs, il tient de ses deux mains la lance dont il va percer le dragon; un manteau court recouvre ses épaules. Bois peint et doré. Travail flamand. XVe siècle.

Haut., 1 mètre.

284 — CADRE en bois sculpté, peint et doré, orné à sa partie supérieure d'un arc en accolade et d'une série d'arcatures gothiques. Travail flamand. Fin du XVe siècle.

Haut., 55 cent.; larg., 32 cent.

285 — CHRIST en poirier sculpté, monté sur une croix en bois bordée de broderies d'or et d'argent exécutées sur satin rouge; le Christ est représenté la tête penchée sur l'épaule droite, les yeux ouverts; il est nimbé et un linge bordé d'une frange est noué autour de ses reins. Travail français ou flamand. Fin du XVe siècle.

Haut., 31 cent.

286 — LA MADELEINE. La sainte est représentée debout, tenant dans la main droite un vase d'orfèvrerie contenant des parfums, vêtue d'une robe à corsage lacé et d'un manteau dont elle retient les plis de la main droite; sa tête est recouverte d'une sorte de turban accompagné d'un voile d'où s'échappent deux nattes qui retombent sur la poitrine. Bois de chêne. Travail flamand. Commencement du XVIe siècle.

Haut., 76 cent.

287 — LA NATIVITÉ. A l'entrée de l'étable, édifice en ruine supporté par des colonnes fuselées, l'Enfant Jésus étendu à terre est adoré par la Vierge et saint Joseph. Au second plan, le bœuf et l'âne. A droite, au fond, un rocher sur lequel on aperçoit un troupeau et des bergers auxquels un ange annonce la naissance du Christ. Bois sculpté, peint et doré. Travail flamand. Commencement du XVIe siècle.

Haut., 30 cent.; larg., 21 cent.

288 — LA VIERGE ET L'ENFANT JÉSUS. Debout, vêtue d'une robe et d'un manteau, les cheveux répandus sur les épaules et entourés d'une sorte de turban, sur son bras droit elle porte l'Enfant Jésus auquel elle offre une grappe de raisin. Bois peint et doré; travail flamand. Commencement du XVIe siècle.

Haut., 37 cent.

289 — SAINTE CÉCILE. Elle est représentée assise, vêtue d'une longue robe et d'un grand voile dont les plis viennent se draper sur ses genoux et sur ses pieds. Elle joue d'un orgue ouvert devant elle. Bois de chêne. Travail flamand. XVIe siècle.

Haut., 71 cent.; larg., 285 millim.

290 — Le dieu Mars. Il est représenté debout, casqué, vêtu d'une cuirasse antique, chaussé de brodequins ornés de mufles de lions ; un bouclier est passé à son bras gauche et de la droite il tient une épée. Bois de tilleul. Travail flamand. xviie siècle.

Haut., 66 cent.

291 — Minerve. Elle est représentée debout, vêtue d'une cuirasse et d'une tunique antique, casquée ; de la main droite elle s'appuie sur une lance, de la gauche elle tient un bouclier ovale. Bois de tilleul. Travail flamand. xviie siècle.

Haut., 62 cent.

292 — Sainte debout, vêtue d'une robe décolletée en carré et d'un manteau dont les plis viennent se draper sur le bras droit. De la main gauche elle soutient un livre ouvert. Sa tête est ceinte d'une sorte de turban d'où s'échappent les ondes de ses cheveux retombant sur ses épaules. A sa gauche, près d'elle, à demi-cachée par les plis de son manteau, on aperçoit une figure debout en petite proportion. Bois de noyer. Allemagne. Commencement du xvie siècle.

Haut., 76 cent.

293 — Fragment d'un bas-relief en bois de tilleul doré représentant un ange debout, tenant d'une main un instrument de musique, soulevant de l'autre un rideau descendant d'un baldaquin. Allemagne. Commencement du xvie siècle.

Haut., 95 cent.; larg., 26 cent.

294 — Figure de saint cavalier, debout, cuirassé, coiffé d'une toque plate, drapé dans un grand manteau ; de la main droite il s'appuie sur une lance, de la gauche il tenait le pommeau de son épée. Travail allemand. Première moitié du xvie siècle. Bois de chêne peint et doré.

Haut., 85 cent.

295 — Deux panneaux rectangulaires en noyer sculpté provenant de la décoration d'un meuble : sur l'un est représentée la Vierge prête à s'évanouir, sur l'autre saint Jacques le majeur. A la partie supérieure de chaque panneau, une tête de chérubin. Espagne. xvie siècle.

Haut., 47 cent.; larg., 23 et 18 cent.

296 — Un saint moine. Il est vêtu d'une robe de moine munie d'un collet et d'un capuchon, chaussé de sandales, tête nue ; de ses deux mains il tient devant lui un livre ouvert. Ses traits sont ceux d'un homme de couleur. Bois de mélèze peint et doré. Espagne. Commencement du XVIIe siècle.

Haut., 40 cent.

297 — Deux dais d'architecture de la première Renaissance, en bois de chêne peint et doré. Hémi-circulaires à leur partie supérieure, décorés de frontons, ils se terminent par un lanternon amorti par un ornement en forme de bulbe. Commencement du XVIe siècle.

Haut., 78 cent. ; long., 18 cent.

298 — Sainte Marguerite. Elle est représentée debout, drapée dans un grand manteau, un voile sur la tête ; de la main gauche elle porte un seau à eau bénite ; la main droite est brisée ; à ses pieds un dragon. XVIe siècle.

Haut., 15 cent.

399 — Niche en bois sculpté composée d'une base moulurée sur laquelle se dressent deux groupes de deux colonnes supportant un entablement surmonté lui-même d'un édicule découpé à jour accompagné de volutes feuillagées. Bois doré et peint. XVIe siècle.

Haut., 61 cent. ; larg., 32 cent.

BOISERIES

300 — Porte à deux vantaux en chêne sculpté ; chacun des vantaux est décoré, à sa partie inférieure, d'un médaillon en forme de losange renfermant des instruments de musique et, à sa partie supérieure, d'arcatures découpées à jour. Un pilastre surmonté d'une colonnette terminée par un vase cache la fermeture des vantaux ; les montures sont décorées de pilastres chargés d'arabesques de la Renaissance supportant un tympan orné en son centre d'un buste d'homme barbu de haut relief. Le revers de cette porte est décoré de serviettes.

Haut., 3 m. 60 cent. ; larg., 1 m. 94 cent.

301 — Autre semblable. Son revers est décoré de deux bas-reliefs représentant saint Paul et saint Pierre dans des cartouches entourés de cuirs découpés, accompagnés de mascarons.

302 — PORTE à deux battants en chêne sculpté ; chacun des vantaux est décoré, à sa partie inférieure, de panneaux en forme de losange encadrant des chimères et, à sa partie supérieure, d'arcatures abritant des figures de saintes, placées dans des niches surmontées de clochetons. La fermeture des vantaux est déguisée par un pilastre surmonté d'une colonnette supportant une statuette de sainte Barbe. A droite et à gauche se dressent les montants de la porte décorés de pilastres supportant un tympan au centre duquel se relève un buste d'homme barbu de haut relief.

Haut., 3 m. 60 cent.; larg., 1 m. 96 cent.

303 — PORTE à un seul vantail, en chêne, renfermant, à sa partie supérieure, un grand cartouche en noyer sculpté du XVIe siècle accompagné de cuirs découpés, de mascarons et de bouquets de fruits. Le centre du cartouche encastre une plaque de marbre. Le revers de la porte est décoré de serviettes.

Haut., 1 m. 30 cent.; larg., 81 cent.

304 — AUTRE PORTE semblable enchâssant, à la partie supérieure de son vantail, un grand cartouche accompagné de mascarons et de bouquets de fruits. Au centre est enchâssée une plaque de marbre.

Haut., 1 m. 30 cent.; larg., 81 cent.

305 — GRANDE CHEMINÉE de la première Renaissance française, sculptée, peinte et dorée. Les montants sont en forme de pilastres décorés d'arabesques de style italien ; le manteau se compose d'un entablement sur lequel courent des rinceaux supportant trois pilastres, divisant la partie supérieure en deux parties égales que surmonte un second entablement sculpté. Dans ce manteau sont fixés les deux médaillons en marbre catalogués sous les numéros 237 et 238.

Cette cheminée est en bois, les pilastres sont en stuc. La partie supérieure est restaurée.

Haut., 2 m. 85 cent.; larg., 1 m. 95 cent ; prof., 45 cent.

306 — GRANDE CHEMINÉE en noyer sculpté supportée par deux montures en forme de pilastre ; le manteau est décoré d'un bas-relief dont le centre est occupé par un écusson d'armoiries accompagné à droite et à gauche de groupes d'amours jouant avec des agneaux. Au-dessus,

au milieu d'arabesques, sont encastrés deux panneaux circulaires sur lesquels sont peints un profil d'homme et un profil de femme. Sur le haut du manteau, qui s'avance en forme d'auvent, est sculpté et peint un écusson d'armoiries. Les deux panneaux peints sont du XVe siècle et le bas-relief du XVIe siècle.

Haut., 3 m. 60 cent.; larg., 2 m. 7 cent., prof., 61 cent.

307 — GRAND ARC surbaissé en bois de noyer sur les flancs duquel, à droite et à gauche, s'ouvrent deux ouvertures cintrées. Chacune des faces de l'arc est décorée de pilastres sculptés de la première Renaissance française; au-dessus des arcades latérales sont fixés des bustes d'hommes de haut relief inscrits dans des médaillons circulaires.

Haut., 4 m. 88 cent.; largeur de l'arcade, 2 m. 43 cent.; haut., 3 m. 60 cent.

COFFRETS

308 — COFFRET de forme ovale à couvercle plat s'emboitant sur le coffret en bois doré décoré d'entrelacs exécutés en peinture et en vernis. Sur le dessus, le monogramme Jésus accompagné de rinceaux. L'intérieur de la boite ainsi que le dessous sont également décorés d'arabesques peintes et dorées. Italie. Fin du XVe siècle.

Long., 35 cent.; haut., 11 cent.

309 — COFFRET à huit pans, composé d'une monture de bois noir décorée d'arabesques d'or enchâssant des plaques de cristal de roche, taillées à biseau ou à facettes.

Long., 243 millim.; larg., 17 cent.; haut., 9 cent.

310 — COFFRET rectangulaire en bois peint et verni, plus haut que large, décoré sur chacune de ses faces de cinq cartouches ovales renfermant des figures des Vertus ou des scènes mythologiques, entourés de feuillages de style oriental exécutés en or sur fond brun. Deux petits anneaux de cuivre destinés à passer des cordons de suspension sont fixés sur les flancs de la boite. Italie. XVIe siècle.

Haut., 16 cent.; larg., 13 cent.

311 — PETIT COFFRET rectangulaire à couvercle plat s'ouvrant à coulisse.

composé de panneaux de bois finement découpés à jour suivant un dessin de style gothique flamboyant appliqué sur un fond de parchemin échiqueté de bleu et de blanc. La monture de ce coffret est en bois de poirier. Travail français. Fin du XVe siècle.

Haut., 6 cent.; long., 16 cent.; larg., 95 millim.

312 — COFFRET DE MARIAGE rectangulaire, en ébène incrusté de plaques de nacre et de décor gravé rehaussé d'or. L'intérieur est muni à l'une de ses extrémités d'un compartiment accompagné d'un tiroir décoré également de plaques de nacre; doublure de satin blanc rehaussé de fleurs de couleurs composées à l'aide de morceaux de soie de rapport. France. Fin du XVIe siècle.

Haut., 185 millim.; long., 315 millim.; larg., 190 millim.

313 — COFFRET de forme allongée, simulant un coussin, garni de velours vert, brodé d'arabesques et d'une salamandre d'argent. A l'intérieur sont ménagés six compartiments entièrement doublés de satin rose, munis de couvercles ornés de broderies représentant la Force, la Justice, la Tempérance, la Foi, la Charité, l'Espérance. Le sixième compartiment renferme une petite glace rectangulaire. Travail français. XVIe siècle.

Long., 36 cent.; larg., 18 cent.; haut., 10 cent.

314 — PETIT COFFRET rectangulaire à couvercle bombé, en maroquin brun décoré de dentelles d'or distribuées dans des frises ou dans des compartiments. France. XVIe siècle.

Long., 108 millim.; larg., 65 millim., haut., 6 cent.

315 — BOITE à quatre pans, plus haute que large, destinée à contenir une petite horloge; elle est de cuir noir et décorée de cartouches renfermant des paysages peints en couleurs, entourés d'entrelacs et d'arabesques dessinés en blanc. Sur les côtés du couvercle et de la boite sont ménagés des anneaux destinés à passer des cordelières. France. XVIe siècle.

Haut., 162 millim.; larg., 85 millim.; épaisseur, 68 millim.

316 — PETIT COFFRET rectangulaire à couvercle en dos d'âne, en cuir brun gravé de rinceaux et rehaussé d'or. Le cuir enchâsse des plaques

de verre dorées et peintes par dessous, représentant l'Adoration des mages, des bustes d'hommes ou de femmes accompagnés de rinceaux, un enfant nu entouré de feuillages. Travail allemand. XVIe siècle.

Long. 11 cent. haut., 10 cent.; larg. 8 cent.

GLACES

317 — Glace octogonale placée dans un cadre, muni d'un fronton, entièrement décorée de grosses fleurs et de feuillages de cuivre repoussé et doré. Travail français. Époque Louis XIII.

Haut., 55 cent.; larg., 51

318 — Miroir rectangulaire monté sur un pied muni de volutes et enchâssé dans un cadre surmonté d'un fronton interrompu que termine un édicule enchâssant une plaque de lapis. Toute la décoration de ce cadre consiste en arabesques d'or s'enlevant sur un fond noir. Travail vénitien. XVIe siècle.

Haut., 69 cent.; larg., 36 cent.

319 — Miroir de forme rectangulaire entouré d'ornements en forme de cuirs découpés, dressé sur un piédouche composé d'une base rectangulaire surmontée de deux volutes adossées. Monture de bois à fond noir, décoré d'arabesques peintes en or et de plaques de nacre sur lesquelles sont également peints des ornements dans le style des aziministes. Venise. XVIe siècle.

Haut., 59 cent.; larg., 41 cent.

320 — Glace. Le cadre, en bois de noyer sculpté et en partie doré, se compose d'un fronton orné d'un gros mascaron supporté par un entablement que soutiennent deux cariatides également décorées de mascarons. Au bas du cadre, une tête de chérubin forme cul-de-lampe. Italie. XVIe siècle.

Haut., 88 cent.; larg., 58 cent.

321 — Petite glace octogonale placée dans un cadre en chêne décoré d'une frise de cuivre doré sur laquelle courent des rinceaux et des fleurs, accompagné sur son pourtour de huit motifs en cuivre découpé à jour formant une sorte de dentelle. Italie. XVIIe siècle.

Haut., 51 cent.; larg., 36 cent.

322 — Glace rectangulaire dans un cadre en ébène incrusté d'écaille décoré d'appliques en cuivre doré au centre desquelles sont figurées des têtes de chérubins. Travail flamand. Fin du XVIe siècle.

Haut., 41 cent.; larg., 41 cent.

323 — Autre analogue.

Haut., 41 cent.; larg., 41 cent.

324 — Glace rectangulaire dans un cadre, orné d'une frise d'ivoire, incrusté de rinceaux de bois d'ébène. XVIe siècle.

Haut., 215 millim.; larg., 195 millim.

325 — Glace de forme rectangulaire, munie d'un fronton ; le cadre composé de panneaux de glaces ainsi que le fronton sont décorés d'appliques de cuivre repoussé et doré, composées de rinceaux au milieu desquels on aperçoit des figures de femmes et d'enfants. XVIIe siècle.

Haut., 1 mètre; larg., 68 cent.

326 — Glace rectangulaire bordée d'un large cadre en bois peint, rehaussé d'entrelacs dorés et gaufrés, et de bouquets de fleurs peints sur fond d'or. XVIIe siècle.

Haut., 80 cent.; larg., 67 cent.

SIÈGES

327 — Escabeau en forme de tronc de pyramide, décoré sur toutes ses faces de feuillages et d'oiseaux, de style gothique. Bois de chêne.

Haut., 50 cent.

328 — Autre escabeau pareil.

329 — Siège en X en noyer sculpté, décoré sur sa partie antérieure d'un mufle de lion et sur ses bras de feuillages simplement gravés. Bois de noyer. France. XVIe siècle.

Haut., 1 m. 3 cent.

330 — Escabeau en noyer; les deux pieds qui supportent le siège sont

de forme découpée, sculptés de palmettes de pin en relief et réunis par des traverses en forme de balustre. Bois de noyer. France. XVIᵉ siè[illegible].

Haut., 78 cent.

331 — FAUTEUIL en noyer sculpté, muni de deux accoudoirs légèrement inclinés supportés par des volutes; les pieds, réunis par quatre traverses, sont en forme de colonnette; le dossier est surmonté d'un fronton où sont sculptées deux volutes. Travail français. Seconde moitié du XVIᵉ siècle. Il est garni de velours rouge et de velours à fond jaune.

Haut., 1 m. 13 cent.

332 — PETITE CHAISE à quatre pieds tournés réunis par des traverses ou des barreaux en forme de balustre; le dossier de forme rectangulaire, évidé en son centre, est décoré de feuillages gravés. Bois de noyer. France. Fin du XVIᵉ siècle.

Haut., 91 cent., larg., 37 cent.

333 — FAUTEUIL en noyer sculpté, muni de bras recourbés en volutes, supporté par quatre pieds en forme de colonnette; le dossier bas ainsi que le siège sont garnis de velours rouge à grandes fleurs jaunes. France. Fin du XVIᵉ siècle.

Haut., 1 m. 42 cent.

334 — CHAISE à haut dossier, ornée de sculptures et de colonnes tournées en spirale; les pieds se composent de volutes réunies par des traverses disposées en X. Époque Louis XIII.

Haut., 1 m. 59 cent.

335 — CHAISE en bois de noyer, pieds et dossiers composés de colonnes tournées en spirale; au dossier rembourré en son centre sont sculptés des feuillages. Époque Louis XIII.

Haut., 1 m. 36 cent.

336 — CHAISE en noyer sculpté, munie de deux accoudoirs cintrés garnis de velours et supportés par des balustres; le dossier plein est décoré d'un trophée exécuté en bas-relief. Pieds en balustres réunis par des traverses.

Haut., 1 m. 14 cent.

337 — SIÈGE en noyer tourné, à haut dossier, recouvert de lampas à fond jaune, semé de grosses fleurs et broché d'argent.

[illegible]

338 — Chaise rembourrée, recouverte d'ancien velours frappé à fond jaune; décor à compartiments rouges et blancs.

Haut., 80 cent.

339 — Petite chaise rembourrée, recouverte d'ancien velours frappé à fond jaune, décoré de fleurs multicolores.

Haut., 80 cent.

340 — Petite chaise à dossier bas, entièrement recouverte de damas à fond vert, et décor à compartiments jaunes et blancs.

Haut., 70 cent.

341 — Tabouret en noyer, à pieds disposés en volutes, recouvert de velours rouge bordé de franges.

Haut., 40 cent.

342 — Tabouret de forme analogue en noyer, recouvert en velours à fond blanc, décoré d'un vase de fleurs en vert et rouge.

Haut., 40 cent.

343 — Tabouret en noyer tourné, recouvert d'une bande d'ancienne broderie appliquée sur un fond de damas vert.

Haut., 45 cent.

344 — Canapé recouvert de velours frappé à fond blanc; décor à compartiments de grosses fleurs multicolores.

Haut., 92 cent.; long., 1 m. 35 cent.; larg., 55 cent.

MEUBLES

345 — Petite table ronde en noyer sculpté, composée d'un pied cruciforme à griffes de lion, au centre duquel se dresse un balustre supportant des consoles sur lesquelles est posé un plateau circulaire. Italie. xvie siècle.

Haut., 90 cent.; diam., 76 cent.

(Ancienne collection Piot.)

346 — Cabinet en fer gravé et damasquiné d'or, comportant sept tiroirs séparés par des Termes en bronze surmontés de chapiteaux ioniques.

Toute l'architecture du meuble est exécutée en bois noirci et rehaussé d'or, s'harmonisant avec des arabesques, des dragons ou des vues d'architecture figurés en damasquine sur les tiroirs. Ce cabinet repose sur des lions en bronze doré. Italie. XVIe siècle.

Haut., 37 cent.; larg., 49 cent.; prof., 29 cent.

347 — COFFRE rectangulaire posant sur des pieds en forme de griffes de lion, décoré sur sa face antérieure d'un grand cartouche dans lequel est représentée une femme drapée à l'antique, couchée tenant un arc et une viole. Une porte a été pratiquée à l'une des extrémités du coffre. Bois de noyer rehaussé de dorure. Italie. Fin du XVIe siècle.

Long., 1 m. 13 cent.; haut., 61 cent.; larg., 54 cent.

348 — DOSSIER DE STALLE en bois sculpté et doré : sur le dossier au-dessous d'un tympan semi-circulaire, dans lequel est figuré un écusson d'armoiries de gueules au chevron d'or sous un chef de même, sont sculptés deux panneaux décorés d'arabesques. Le dais de ce dossier est supporté par deux figures grotesques d'homme et de femme, terminées par des feuillages. Deux groupes d'oiseaux adossés à des balustres forment le couronnement. Travail français. Premier tiers du XVIe siècle.

Haut., 1 m. 75 cent.; larg., 75 cent.

349 — DRESSOIR. Il est construit à cinq pans et muni, à la partie antérieure, d'un seul vantail au-dessous duquel s'ouvre un tiroir. La base, très élevée, est ornée de moulures, et, au fond de la partie vide, sont sculptées des serviettes. Sur tous les panneaux de la partie supérieure aussi bien qu'à la ceinture du meuble sont représentées des arabesques, de feuillages, des candélabres ou des têtes de chérubins. Bois de chêne. Travail français. Première moitié du XVIe siècle.

Haut., 1 m. 79 cent.; larg., 85 cent.; prof., 45 cent.

350 — PETITE ARMOIRE à suspendre ; elle affecte la forme d'une façade d'architecture composée de deux pilastres cannelés soutenant un fronton interrompu, au centre duquel se dresse un cartouche renfermant un écusson d'armoiries accompagné d'un chapeau d'évêque. Le vantail unique est décoré de canaux et, en son centre, de cuirs découpés

encadrant un mascaron de femme ; cul-de-lampe orné de volutes ; incrustations de marbres de couleurs. Ile-de-France. xvie siècle.

Haut., 73 cent.; larg., 59 cent.

351 — Petite armoire à deux vantaux superposés, décorés de sculptures en bas-relief et d'incrustations de marbres ; sur le vantail supérieur, dans un cartouche de forme ovale, accompagné de femmes couchées et de chimères à têtes de lions, est représentée une Victoire assise sur des trophées tenant en main des liens qui attachent deux prisonniers. Cette composition est la reproduction exacte d'une estampe d'Androuet du Cerceau. Sur le vantail inférieur, dans un autre cartouche accompagné d'un mascaron et de draperies, est représentée Flore debout au milieu d'un paysage ; les côtés du meuble sont décorés de compartiments rectangulaires inscrivant des cartouches formés d'entrelacs. Bois de noyer. Travail de l'Ile-de-France. Milieu du xvie siècle.

Gravé dans *la Gazette des Beaux-Arts* et dans *le Meuble en France au XVIe siècle.*

Haut., 1 m. 44 cent.; larg., 73 cent.; prof., 39 cent.

352 — Table à rallonges de forme rectangulaire en noyer sculpté, portant sur deux éventails composés de colonnes cannelées flanquant une arcature et de deux patins réunis par une entretoise surmontée de balustres tournés ou sculptés. Les arcatures, en plein cintre, sur lesquelles sont figurés des joints de pierres, terminent cette entretoise. Ceinture décorée de feuillages et de canaux. Travail français. xvie siècle.

Haut., 88 cent.; long., 1 m. 48 cent.; larg., 90 cent.

353 — Dressoir composé d'un corps inférieur à jour accosté de deux pilastres surmontés de consoles supportant le corps supérieur également ajouré, et terminé par un entablement à l'antique, soutenu à droite et à gauche par deux groupes de quatre cariatides sculptées deux à deux sur deux balustres ; des cariatides semblables sont fixées sur les côtés ; le fond du dressoir est décoré d'un panneau orné d'un cartouche, dont le centre est occupé par un masque de femme. Bois de noyer ; incrustations d'ébène et de bois de couleurs. Travail français. Seconde moitié du xvie siècle.

Haut., 1 m. 63 cent.; larg., 1 m. 39 cent.; prof., 44 cent.

354 — Petite table en noyer sculpté et décoré de marqueterie, de forme rectangulaire, supportée par quatre pieds en balustres réunis deux à deux par des patins ornés de feuillages assemblés par une traverse au centre de laquelle se dresse un cinquième pilastre. France. Seconde moitié du xvie siècle.

Haut., 80 cent.; larg., 65 cent.

355 — Meuble a deux corps. Le corps inférieur, posant sur des pieds en forme de boule aplatie, est muni de deux vantaux ornés d'entrelacs et bordés d'un tore de laurier. Au-dessus de ces vantaux se trouvent deux tiroirs également décorés d'entrelacs. La même disposition se retrouve dans le corps supérieur; des tiroirs sont placés au-dessous des vantaux. Des colonnettes, autour du fût desquelles s'enroulent des feuillages, garnissent les angles du meuble. Noyer. France. Fin du xvie siècle.

Haut., 2 m. 12 cent.; larg., 1 m. 28 cent.; prof., 51 cent.

356 — Partie supérieure d'un meuble à deux corps en noyer sculpté orné de marqueterie et d'incrustations de marbres de couleurs. Il s'ouvre à deux vantaux sur lesquels sont sculptés des Termes et des oiseaux adossés entourés de feuillages. Sur les côtés sont deux sortes de pilastres terminés par des consoles qui encadrent une frise où des rosaces de marqueterie alternent avec des plaques de marbre. Travail français. Fin du xvie siècle.

Haut., 97 cent.; larg., 93 cent.; prof., 27 cent.

357 — Table carrée en noyer portant sur quatre pieds en forme de colonnes réunies par deux traverses disposées en croix de Saint-André à l'intérieur desquelles se dresse un balustre. France. Fin du xvie siècle.

Haut., 80 cent., larg., 7[illegible] cent.

358 — Table rectangulaire en noyer, portée par six colonnes disposées sur trois traverses se coupant à angle droit comme une croix de Lorraine. Bois de noyer. Travail français. Fin du xvie siècle.

Larg., 107 millim.; haut., 1 m. 80 cent.; prof., 52 cent.

359 — Table-bureau rectangulaire en poirier noirci décoré d'incrustations

de noyer; elle porte sur quatre pieds tournés en spirale réunis par une traverse terminée par deux parties en forme de V. France. XVIIe siècle.

Haut., 76 cent.; larg., 75 cent.; long., 1 m. 33 cent.

360 — PETIT DRESSOIR monté sur une base rectangulaire sur laquelle se dressent quatre colonnes fuselées supportant un coffre décoré sur trois de ses côtés d'écussons entourés de couronnes ou de rinceaux de feuillages terminés par des figures d'enfants. Bois de chêne. Travail flamand. XVIe siècle.

Haut., 1 m. 20 cent.; larg., 64 cent.; prof., 40 cent.

361 — SOCLE à six pans en noyer sculpté, décoré, sur ses faces, de cartouches et, sur ses angles, de pilastres à arabesques.

Haut., 92 cent.

362 — TABLE rectangulaire en noyer, décorée sur ses bords de compartiments renfermant des lions affrontés exécutés en marqueterie. Cette table est portée sur quatre pieds et réunie par des traverses également décorées de marqueterie de bois de couleurs. Travail de l'Allemagne du sud (?). XVIe siècle.

Long., 1 m.; larg., 64 cent.; haut., 81 cent.

363 — PETITE TABLE rectangulaire portée sur quatre pieds réunis deux à deux et pouvant se plier ; le plateau est de noyer décoré d'incrustations de bois de couleurs. Au centre, dans un médaillon ovale entouré de cuirs découpés et de feuillages, est figurée une chasse aux canards. Travail allemand. XVIIe siècle.

Long., 60 cent.; larg., 44 cent.; haut., 55 cent.

364 — ÉDICULE de forme triangulaire servant aux processions, composé d'une terrasse supportée par des volutes, sur lequel se dressent trois colonnes en forme de balustre, soutenant un entablement où sont établis des gâbles derrière lesquels naît un lanternon circulaire. Noyer sculpté et doré.

Haut., 95 cent.

BRODERIES

365 — Bourse en forme de cœur en velours noir brodé de rinceaux et de fleurs en or et en argent. Bordure de dentelle d'or. Italie. XVIe siècle.

Haut., 20 cent.

366 — Sablier monté en broderies d'or et en passementeries composées de fils de métal enroulés autour de bandelettes de parchemin. A la partie supérieure et inférieure sont serties de petites peintures sous verre représentant la Vierge et l'ange Gabriel. Travail italien. XVIe siècle.

Haut., 95 millim.

367 — Petite boite circulaire décorée de broderies d'argent formant imbrications. Couvercle bombé. Italie. XVIe siècle.

Diam., 52 millim.

368 — Petite bourse en tissu d'or brodée au petit point; sur l'un des côtés on aperçoit une église et des arbres, sur l'autre un vaisseau de guerre marchant à la voile. XVIe siècle.

Haut., 73 millim.; larg., 65 millim.

369 — Petite bourse fermant à coulisses en tissu d'or, d'argent et de soie noire, décorée de chiffres, de couronnes, d'oiseaux et de fleurs. Italie. XVIIe siècle.

Haut., 7 cent.

370 — Panneau de broderie exécuté en soie et en or représentant David enlevant les armes de Saül. Cette scène est inscrite dans un cartouche de forme ovale bordé de dentelle d'or. Italie. XVIe siècle.

Larg., 34 cent.; haut., 39 cent.

371 — Panneau de broderie analogue au précédent : David vainqueur de Goliath lui tranche la tête à la vue de l'armée des Philistins qui s'enfuit épouvantée.

Larg., 44 cent.; haut., 34 cent.

372 — PETITE BOITE circulaire à couvercle bombé décorée d'applications de pailles de couleurs représentant des vases de fleurs et des oiseaux, le tout imitant un tissu. Italie. XVIIe siècle.

Diam., 8 cent.; haut., 25 millim.

373 — POCHETTE en velours noir décorée de rinceaux brodés d'or et d'argent. Travail oriental moderne.

Long., 19 cent.; larg., 105 millim.

374 — BANDE DE GUIPURE décorée de rinceaux de vases et de personnages, séparés par des ajours et bordée sur ses deux côtés d'un double picot. Italie. XVIe siècle.

Long., 2 m. 42 cent.; haut., 73 millim.

375 — PETITE BORDURE rectangulaire de dentelle, fleurs et rinceaux. Venise. XVIe siècle.

Larg., 135 millim.

376 — VOILE en crépon blanc brodé et bordé de soies de couleurs; aux pointes de cette bordure sont suspendues des figurines exécutées en soie. Travail espagnol.

Long., 66 cent.; haut., 35 cent.

377 — COFFRET rectangulaire à couvercle prismatique décoré de compartiments de broderies représentant différents animaux alternant avec des plaques de verre rouge ou noir rehaussé d'or, appliquées sur paillons, ou des cannes de verre blanc disposées comme de la marqueterie d'ivoire. Un tiroir à secret est pratiqué dans le fond du coffre dont l'intérieur, muni d'une glace, est doublé de soie rose. Travail vénitien. XVIe siècle.

Haut., 17 cent.; long., 25 cent.; larg., 155 millim.

378 — PORTEFEUILLE en velours cramoisi décoré de broderies d'argent représentant des arabesques. Intérieur en cuir. Travail oriental ou espagnol. XVIIe siècle.

Haut., 115 millim.; larg., 185 millim.

379 — CASAQUE A MANCHES exécutée au crochet en soie verte et en or à dessin d'arabesques et de damiers. Italie. XVIe siècle.

Haut., 53 cent.

380 — Bourse à reliques en toile blanche brodée en soie d'un dessin à compartiments représentant des fleurs de lis d'or sur fond violet et des bandes d'or et de soie violette alternant (France et Bourgogne). Entre ces compartiments court un ornement composé de rosaces et de perroquets. France. xiv° siècle.

Haut., 155 millim.; larg., 155 millim.

381 — Bourse brodée de soie et d'or au point couché, garnie de houpettes de soies de couleurs et fermant à coulisse ; sur l'une des faces on aperçoit une dame dans le costume de 1380 tenant, de la main gauche, une couronne et cherchant à retenir de la droite, par son chapeau, un personnage qui semble lui résister. Sur l'autre face, une dame dans le même costume converse avec un homme vêtu d'une longue houppelande et coiffé d'un curieux chaperon dont la partie pointue se dresse comme la coiffe d'un chapeau. France. xiv° siècle.

Haut., 16 cent.; larg., 14 cent.

382 — Bourse de forme cylindrique en satin cramoisi, décorée de broderies d'or représentant des fleurs ou des entrelacs encadrant des fleurs de lis. Cette bourse se fermait à coulisse. France. xvi° siècle.

Long., 18 cent.

383 — Boite de forme barlongue recouverte de velours rouge, décorée de compartiments d'arabesques brodés en or. La partie antérieure de la boite est montée à charnières ; sur les côtés sont placés des coulants en argent destinés à passer une cordelière de suspension. xvi° siècle.

Haut., 108 millim.; long., 155 millim.; larg., 65 millim.

384 — Aumônière en velours vert, décorée de broderies d'argent et de cannetilles de soie verte et rouge. Fermeture à coulisse. xvi° siècle.

Haut., 16 cent.; larg., 16 cent.

385 — Portefeuille en tissu de soie et d'or à fond violet, représentant les fables du « Corbeau et du Renard » et du « Renard et de la Cigogne ». France. xvii° siècle.

Haut., 95 millim.; larg., 17 cent.

386 — Deux petits médaillons ovales en soie blanche tissée d'or, décorés

de broderies représentant des Termes accompagnés de cornes d'abondance. France. Commencement du XVIIe siècle.

Haut., 6 cent.; larg., 85 millim.

387 — Bourse de forme allongée à soufflets, accompagnée d'un fermoir d'argent doré et exécutée en broderies de soie sur fond d'argent. Décor de fleurs multicolores, bordure brodée d'or et d'argent. France. XVIIe siècle.

Haut., 11 cent.; larg., 9 cent.

388 — Petite bourse à quatre quartiers en tissu d'or et d'argent, décorée d'emblèmes amoureux et de devises galantes. France. XVIIe siècle.

Haut., 9 cent.

389 — Petite bourse en lampas tissé d'or, d'argent et de soie ; décor de grosses fleurs. Bordure de dentelle d'or. France. XVIIe siècle.

Haut., 9 cent.

390 — Bourse en tissu d'argent et de soie, décorée sur deux faces d'un blason abbatial surmonté d'une mitre et d'une crosse. France. XVIIe siècle.

Haut., 77 millim.; larg., 125 millim.

391 — Portefeuille en velours vert brodé d'argent aux armes du maréchal d'Estrée, accompagnées en sautoir de deux bâtons de maréchal. France. XVIIe siècle.

Haut., 11 cent.; larg., 18 cent.

392 — Aumônière de forme circulaire fermant à coulisse en velours vert brodé d'argent, offrant des armoiries entourées des colliers de Saint-Michel et du Saint-Esprit. France. XVIIe siècle.

Diam., 135 millim.

393 — Boîte à épingles de forme circulaire, surmontée d'une pelote à douze quartiers en velours et en tissu de soie et d'argent. France. XVIIe siècle.

Diam., 10 cent.

394 — Petite pelote rectangulaire en satin ponceau ornée de broderies d'or et d'argent représentant des chiffres accompagnés de couronnes. XVIIe siècle.

Haut., 55 millim.; larg., 85 millim.

395 — Bourse en satin vert brodé de rinceaux, de fleurs et d'oiseaux en or et argent ; cette bourse est munie de cordons et de glands de soie et d'or. France. xvie siècle.

Haut., 13 cent.

396 — Bordure de soie bleue brodée de dessins à compartiments exécutés en or et paillettes.

397 — Bourse à soufflets munie d'un fermoir en métal argenté, ornée de broderies de soies d'or et d'argent ; d'un côté une femme accompagnée d'un chien, de l'autre un cavalier. Travail hongrois. xviie siècle.

Haut., 10 cent.

398 — Bourse à quatre quartiers à fond circulaire en velours noir, garnie de galons et de broderies d'or. xviie siècle.

Haut., 12 cent.

399 — Petite boite ovale à couvercle plat entièrement brodée de menues perles de verre de couleur ; sur le couvercle est représentée une dame assise dans un fauteuil ; un jeune enfant lui présente une fleur. Sur le dessous, un chiffre composé des lettres AM surmontées d'une couronne ; sur les côtés de la boite on lit : « *Je meur pour une amitie sincère* ». xviie siècle.

Haut., 24 millim.; long. 9 cent ; larg., 65 millim.

400 — Petite bourse composée de quatre quartiers de broderie de soie et d'or au petit point, munie de cordons terminés par des glands de passementerie d'or. France. xviie siècle.

Long., 8 cent.

401 — Petite bourse en soie blanche brodée, en or, de bouquets de fleurs ; les soufflets sont de velours cramoisi ; le fermoir de forme rectangulaire est de cuivre. xviie siècle.

Long., 105 millim.

402 — Aumônière en velours bleu brodé de fleurs de lis ; le fond est décoré des armes de France entourées des colliers de l'ordre de Saint-Michel et du Saint-Esprit. xviie siècle.

Diam., 22 cent.

403 — Fragment d'un tableau brodé en soie au point couché, représentant

deux moines dans un bateau retirant des filets qu'ils présentent à une femme drapée dans un grand manteau bleu. Forme polygonale. XVIIe siècle.

Haut., 23 cent.; larg., 30 cent.

404 — AUMÔNIÈRE de forme ronde se fermant à coulisse, en velours vert, décorée de broderies d'argent au fond et sur les bords. XVIe siècle.

Diam., 22 cent.

405 — PETITE AUMÔNIÈRE composée de deux parties réunies par une couture, fermoir à coulisse en tissu de soie violette décorée de vases et de fleurs exécutés en or et en argent. XVIIe siècle.

Haut., 77 millim.; larg., 145 millim.

406 — BOITE circulaire à couvercle plat, décorée de broderies d'argent représentant des fleurs et des entrelacs sur fond vert. XVIe siècle.

Diam., 12 cent.; haut., 58 millim.

407 — LANTERNE de forme cylindrique composée de deux disques recouverts de soie rouge, brodés d'or et d'argent, maintenant un cylindre en papier plissé. A l'intérieur, une pointe destinée à fixer le luminaire. XVIe siècle.

Diam., 10 cent.; haut., 15 cent.

408 — BOITE circulaire en velours cramoisi, décorée de rinceaux en broderie d'or, bordée de galons composés de fils d'or tordus sur des bandes de parchemin. Sur le couvercle est enchâssé un médaillon orné d'un buste de femme peint sous verre. XVIe siècle.

Diam., 98 millim.; haut., 4 cent.

409 — BOITE analogue à la précédente, de même forme, en satin noir orné de broderies de soie rouge, blanche et de broderies d'or, bordée de la même façon que le numéro précédent. Sur le couvercle, un médaillon peint sous verre représentant une tête de mort accompagnée des initiales V. M. N. D. XVIe siècle.

Diam., 98 millim.; haut., 4 cent.

410 — PORTEFEUILLE à trois compartiments, recouvert de cuir, garni à l'in-

térieur d'un tissu de soie, d'or et d'argent offrant un dessin à compartiment composé de branchages entrelacés, inscrivant des oiseaux perchés sur des arbres ou des ceps de vigne. XVIe siècle.

Haut., 22 cent ; long., 41 cent.

411 — PETITE BOURSE composée d'une résille d'or et de soie, munie de ses cordons. XVIIe siècle.

Haut., 55 millim

412 — BOURSE en soie et en or, exécutée au crochet, munie de ses cordons, terminés par des glands d'or. XVIIe siècle.

Haut., 7 cent.

413 — POCHETTE en tissu de soie ponceau, décorée de rinceaux, de feuillages et d'oiseaux exécutés en argent. XVIIe siècle.

Long., 165 millim.; larg., 85 millim.

414 — POCHETTE du même genre, de teinte violette, décorée de grands ramages d'or et d'argent, ponctués de vert et de rouge. XVIIe siècle.

Long., 16 cent.; larg., 10 cent.

415 — POCHETTE analogue : tissu d'or décoré de feuillages stylisés, exécutés en argent. XVIIe siècle.

Long., 15 cent.; larg., 9 cent.

416 — PETITE BOURSE, s'ouvrant comme une pochette, en soie lamée d'or et d'argent, semée de petits fleurons de soies de couleurs, décorée, sur l'une de ses faces, d'un écusson d'armoiries surmonté d'un timbre. Italie. XVIIe siècle.

Long., 14 cent.; larg., 12 cent.

417 — PETITE BOURSE plate en soie blanche, décorée de grosses fleurs, brodée au point couché en soies de couleurs. Sur la partie antérieure est représentée une Sainte Face placée sous verre et entourée d'un galon d'or. XVIe siècle.

Haut., 77 millim ; larg., 7 cent.

ÉTOFFES, COUSSINS

418 — Lé de velours rouge décoré d'un grand dessin à compartiments représentant des entrelacs accompagnés de volutes et de grosses fleurs de style oriental, le tout tissé d'or, à plat ou frisé. Italie. Fin du xve siècle.

Larg., 55 cent.; long., 90 cent.

419 — Chemise d'enfant en toile, décorée au cou, aux épaules, aux manches et sur les côtés de broderies en soie rouge exécutées au point de chaînette. Travail italien. xvie siècle.

Long., 53 cent.

420 — Bande de lampas à fond jaune, à décor de grosses fleurs exécutées en rouge.

Long., 1 m. 5 cent.; larg., 50 cent.

421 — Petit tapis en velours frappé à fond jaune, décor de grandes palmettes rouges piquées de soie jaune.

Long., 80 cent.; larg., 55 cent.

422 — Deux coussins recouverts d'ancien velours frappé, à décor de grands rinceaux rouges sur fond jaune.

Long., 48 cent.; larg., 42 cent.

423 — Coussin en ancien velours rouge tissé d'or, à décor de grandes palmettes.

Larg., 40 cent.

424 — Deux coussins en ancien velours frappé, à décor de rinceaux violets sur fond tanné.

Larg., 36 cent.

425 — Coussin en soie vieux rose, recouvert d'une broderie à compartiments en fils et soies de couleurs rehaussés de paillettes.

Long., 55 cent.

426 — Coussin circulaire en ancien damas à fond bleu, semé de fleurs polychromes.

Diam., 36 cent.

427 — Coussin en tapis d'Orient, à décor de palmettes.

Larg., 40 cent.

TAPISSERIES

428 — Trois pièces de tapisseries munies de leurs bordures, ornées de figures couchées ou debout, accompagnées de bouquets de fruits et de feuillages, représentant des scènes de chasse et des personnages en costumes antiques au milieu de paysages. Bruxelles. xvie siècle. Ces tapisseries ont été coupées.

Haut., 2 m. 38 cent.

429 — L'Adoration des rois. Au centre de la composition est assise la Vierge qui présente l'Enfant Jésus à l'adoration de deux des Mages agenouillés devant lui ; le troisième, Melchior, se tient au second plan à droite, portant dans la main droite une coupe d'orfèvrerie. A gauche, au second plan, saint Joseph soulève un rideau de la main droite, tandis que, de la gauche, il s'appuie sur un bâton. Fond de paysage. Bordure à fond rouge, décorée de grotesques à l'italienne. École flamande. xvie siècle. Cadre en bois.

Haut., 1 m. 3 cent. ; larg., 1 m. 64 cent.

430 — Petite tapisserie rectangulaire représentant un seigneur donnant le bras à une dame qui porte un panier. Costumes de la fin du xvie siècle. Fond de verdure. Flandres. Fin du xvie siècle.

Haut., 83 cent. ; larg., 73 cent.

431 — Sous ce numéro, divers objets omis au présent Catalogue.

RED. :

25

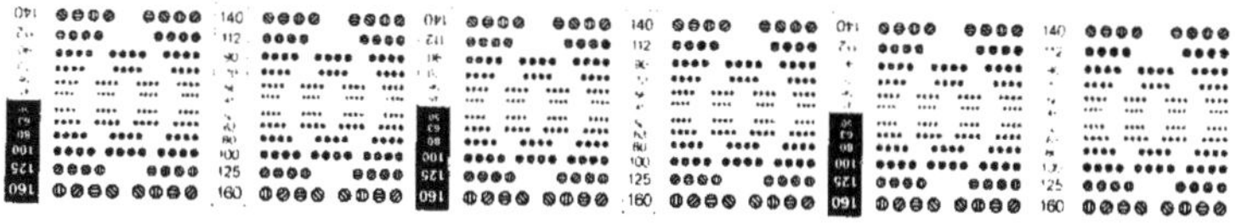

www.ingramcontent.com/pod-product-compliance
Ingram Content Group UK Ltd.
Pitfield, Milton Keynes, MK11 3LW, UK
UKHW021551260726
13993UKWH00002B/778

9 782329 281797